文芸社セレクション

夢に向かって

—精神障がいと共に生きる—

森 俊光

MORI Toshimitsu

文芸社

はじめに

昭和24年3月12日、私は熊本県玉名郡木葉村（現、玉東町）に生まれました。ここから私の人生が始まったのですが、少年時代には予想もしなかった波瀾の運命が待ち受けていました。その記憶を辿って書き留めた『私の半生記・夢に向かって』です。

私は高校を卒業して静岡の会社へ就職し、そこで初めての精神疾患?を発病・入院したのです。そのきっかけは一緒の部署で仕事をしていた先輩が急に退職したため、一挙に仕事が私に覆い被さり、ある日、頭の中がパニックになったのです。そして、緊急で（静岡の精神病院）入院。しかし、1年間過ぎても病状はよくならず、結局、郷里の玉名へ帰りました。

熊本で療養した私は1年も過ぎると元気になり、父の勧めもあってコンピュータの専門学校へ通いました。専門学校は週に3日だったので、後の3日間は肉屋の御用聞きと新聞配達をして過ごしました。

そんな時、母校の先生から、一流の大企業のコンピュータの仕事を紹介され、私は専門学校を中退して和歌山に就職しました。精神障がい（経験者）という病気の怖さも知らず。

その企業に和歌山、鹿島、大阪、東京と転勤しながら足掛け16年間勤めていましたが、病気が再発、再々発し二度入院しました。そうして、結局、退職させられました。

その後、また郷里に帰り、第二の人生を始めました。病院へ通いながらデイケアに参加、途中スタッフに恋心抱いたのが悪影響し、再び病院へ入院。その後、保健師さんの紹介でサッシ屋さんへ勤め、一般就労で家具会社へ入社。周りから、馬鹿にされながらも2年間勤めました。そして、貯めたお金で福祉の専門学校へ入学し、その間、入浴介助のアルバイト。また、結婚したのもこの時期でした。

その専門学校卒業と同時に知的障がい児の厚生施設で指導員をする仕事に熱中しすぎて?再発、熊本市内の病院へ入院しました。退院後は玉名でデイケアに通いました。

それからは「玉名Kの家」、レンタカーの洗車の仕事、農家の手伝い等やりましたが、造園の見習いをしていたときに障がい（を隠していたこと）がバレて、3ヶ月で解雇されました。

その後、「Tの会」でホームヘルパー、それと併行して支援センター「F」の非常勤、二つの仕事を同時にしたため、仕事量が多すぎて？また入院。

入院中、姉の世話で外出許可をもらい、「Y館」（和水町）の館長である、IT先生の施術（整体）を受けました。その帰り、姉と些細なことで喧嘩になり、姉の車から降りて逃げ出しました。そして、匿ってくれるところを探しましたが見つからず、スーパーの公衆電話の近くにいるところを、IT先生に捕まってしまいました。無理やり車に乗せられた私は、先生の運転を邪魔しようと助手席から殴りかかったのですが歯が立たず、結局病院へ連れ戻され、興奮が収まらない私は保護室（独房）入りとなりました。

その後、無事退院した私は丸太村のIT先生を訪ね、あの時の無礼を詫びました。その時先生に「整体を覚えたらどうか」と勧められ、一人前に扱われた嬉しさから「ハイ！」と答えました。それから3年、いろいろと勉強させられ、細々ですが独立開業することができたのです。

以上のような経験をしてきた私は今、精神障がい者であっても出来る仕事があるのではないか、と感じています。

家の中で閉じこもっているより、何でもいいから前向きに、自分の出来ることを探して、それを実行に移す。それを繰り返すことにより、徐々に体調も良くなってくると思います。

また、色々なことに挑戦するのもいいでしょう。

精神障がいでいろいろ苦しんだり、社会から阻害（差別）されていたり、なかなか仕事や就職できない仲間達が全国にはたくさんいます。彼らと一緒に、できる限り幸せな暮らし、日々が送れるようそれぞれ『夢』に向かっていけることを願っています。

平成30年9月

森　俊光

目次

夢に向かって

—精神障がいと共に生きる—

第1章　幼児期から高校まで

幼児期の私

私は昭和24年（1949）3月12日晴天の早朝、熊本県玉名郡木葉村（現、玉東町）に生まれました。西南戦争の激戦地である田原坂のふもと、境木というところです。性格は内向的でおとなしく、やさしい雰囲気のお祖母ちゃん子だったそうです。

お祖母ちゃん（シゲ）は明治頃、夫と共にアメリカのカリフォルニアへ移民していましたが、移民先のロサンゼルスで夫と長女と長男を早くに亡くし、太平洋戦争開戦前、まだ5歳の次女（私の母タイ）を連れて日本に帰郷しました。そして女手一つで苦労して私の母を育てたそうです。その後、大人になった母は父と結婚して2人の女子（姉、妹）と2人の男子（兄、私）の4人の子を産んだのです。私は3番目の子です。

父母はいつも忙しくしていたので、私はお祖母ちゃんと一緒にいろいろ遊んだり、話したりすることが多かったようです。だからお祖母ちゃんに育てられたようなものです。

私は幼い頃、軽い知的障がいがあった兄を「しげじ」と呼び捨てにしていたのですが、叔母さんからそのことをこっぴどく叱られ、それからは「兄ちゃん」と呼ぶようになりました。

このようにお祖母ちゃん子だったからなのか、私はかなり自己中心的な子供だったようです。

また、こんなこともありました。幼稚園に通っていましたが、内向的だった私は園の入り口で、通学ついでに送ってきてくれていた姉の手を離さず門のところで駄々をこね、なかなか園に入らなかったことがたびたびでした。

結局、姉が夏休みに入ったのをよいことに、幼稚園を中退してしまいました。

小学・中学・高校…

　昭和30年（１９５５）Ｋ小学校入学。小学時代の通知表は２と３の行列で４がなくて、算数だけが１年から６年まで一貫して５でした。なぜか算数だけは得意だったのです。他の教科はあまり興味がなく、適当にやっていました。

　ところが、Ｋ中学校に入ると勉学に励むようになりました。試験が、中間・期末と決まって行われ、その結果表が廊下に張り出されるため、目的意識が芽生えたからです。お蔭で中学２年の３学期の期末では50名のクラスで２番となり、通知表も５と４で埋まりました。

　しかし、性格は相変わらずおとなしく友達と喧嘩をした覚えはありません。このように学ぶ喜びを体得していたのですが、３年生になろうという時、父の考え（事情）で我が家は玉名市内へ引っ越し、学校もＫ中からＴ中へ転校することになりました。ちょうど、昭和39年（１９６４）の東京オリンピックが開催される前頃です。

　慣れない学校生活、成績も落ちてしまいました。特に英語はＫ中でトップだったのに、ガタガタになってしまいました。Ｋ中で信頼していたＫ大出身のＯＹ先生の英語授業とは大違いで、まともに英語の発音もできない先生に変わってしまったからです。そうすると、英語も他の教科全てにもあまり熱意が入らなくなっていったのです。

やればできる素質だったにもかかわらず、父の「大学へ行かなくても工業高校で充分」の一言で、私の学問への興味は薄らいでしまいました。

担任のT先生に「森は大学へ行かなくてもいいのか?」との温かい言葉にも、「ハイかまいません」と返事をしてしまっていました。

それは、熊本県立T工業高校が最終学歴で良いと決めていたからです。大学進学を考えたならば、県立T高校を目指したでしょうが、当時の日本は戦後経済発展途上の最中、例えば中学卒でも都会へ就職（集団就職）する者は相当な数で、地方からの就職者を「金の卵」と呼び、父の「工業高校で充分」の言葉も納得できるように、そうした国の状況のなか工業発展の主役を担う工業高校卒はまさに「金の卵」と期待されていたのです。そこで当時全国各地に工業専門学校が次々と設立されました。

実際、当時の専門高校卒の多くの人達が、近年の日本を世界屈指の工業・経済発展を果たしてきたことは歴然としています。

熊本県立T工業高校は、その最中の昭和37年（1962）10月に認可開校されました。翌年、玉名郡岱明町に校舎設立。全日制・3学期制、機械科、電気科、工業化学科、土木科の工業高校です。

私は昭和39年（1964）、T工業高校・電気科を受験して、合格し、二期生として入学してみると、入学試験の出来が良かったからと、何と私はクラスの副学級委員を命じられました。さらに、入学直後に行われた試験の結果も300名中7番でした。「特に勉強もしなかったのに」と思うのと同時に「なんだこんなものか」と舐めてしまい、またまた向学心をなくしてしまいました。

すると、「どうせ大学へ行くわけじゃなし」と勉強はあまりせずにただ無為に高校生活を送ってもつまらないと思い、今までほとんど苦手だった体育系の部活をやってみようかと、さまざまなクラブの練習を見て回りました。当時T工業高校はまだ開校2年目でしたのでまだ各クラブの実績は浅いものでした。

その中でも他のクラブに比べ、サッカー部だけがまだ出来たての様子で、このクラブだったら自分にもできそうに思え、もしかするとすぐにでもレギュラーにもなれるかも知れないと思い、入部することに決めました。

高校入学からサッカーを始める

サッカーは私を夢中にさせてくれました。ポジションはセンターフォワード、要するに「点取り屋」でした。この内向的だった私にこんな才能?があったのかと自分でも不思議なくらいにサッカーにはまりました。何か性格までもが変わったように他の部員達とも意気投合して、楽しい部活動になっていったのです。

ところが、そのサッカーも2年目になるとスランプ?におちいり、あまり熱が入らなくなりました。いや、1級上の先輩達と一緒に自主的に楽しみながら練習していたときはまだよかったのです。

しかしNコーチが来られてからは、対外試合とかスポーツによる高校のイメージアップのためなのか、あまりにも勝負にこだわったような「あーしろ、こーしろ」の連発で全然面白くありません。まるでスポーツ兵士のような扱いなのです。

戦後日本では、教育現場において「スポーツ」の奨励が盛んになり、ひいてはスポーツによって校風や学校のランク付けまでするような、学校は勉強が先ずは主体であるはずが、スポーツをするために行っているような雰囲気になってきたのも、私は多少いやな気がしています。

それに加えて、先輩（一期生）でキャプテンでありゴールキーパーのＥＴさんが、他校の学生と問題（喧嘩）を起こし、退学処分となりました。ＥＴさんはいわゆる高校全体の番長格でもありましたので、みんなの面倒見がよく、私など特にかわいがってもらっていたもので、心から残念で仕方ありませんでした。

そんなことも続き、勉強の成績もガタ落ち、私は思春期にありがちな「悩み」に突入。高校生活そのものに疑問が湧き、デカルトの「我思う故に我あり」になるほどと納得したかと思うと、次の日は生きていさえすればいいんだと投げやりな空しい気になりました…。

そんななか、何か虚しくやっていたサッカーで疲れ果てて、帰宅すると勉強する気にもならず、いろいろ考えた末、２年生の終わりを機にサッカー部を退部しようと決心をしました。

その後ある日の放課後、６時までグラウンドで適度にサッカーの練習をしたあと、クラブ室で部長のＳＡ先生とＮコーチにその決心を打ち明けました。すると先生達は夜の８時過ぎまで、２時間近くも辞めるのを思いとどまるよう説得されました。それでも私は一度決心したことなので、頑としてその説得を受け入れずとうとう辞めてしまいました。

今思うとコーチの指導の在り方に不満があったわけで、もっと自分達の自主性・主体性を大事にして、面白い、きつくても楽しいサッカーを指導してほしかったのですが、そういう私の主張をうまく伝えられなかった自分を今は残念に思います。

しかし、もうそろそろ社会人への道が見えてくる時期でもあり、工業高校で自分は一体何を追求してきたのか。これからの人生を考えたい気持ちもあったのです。

就職活動

3年生になってから真剣に将来のことを考え始め、勉強に力を入れたのですが、1、2年とサッカーにのめり込んでいて高校の基礎的学習がおろそかになっていたので、3年の授業についていくのがやっとで、成績は中くらいになるのが精一杯でした。以前の自分は元々本気でやればすぐにまた実力は回復すると確信していた驕りのようなものがあったのが油断でした。それは中学時代までのことで、やはり高校になるとそんなに甘くはなかったのです。

しかし、父が言ったように「工業高校を出れば充分にいい仕事に就ける」となんとか頑張ってはいたのですが、私の生来の悪い癖というか「どうにかなるさ」的なすぐにあきらめてしまうところもあって、ただ時間は流れていきました。

そうするうちに、学校の廊下にはいろいろな会社の募集要項が貼り出されて、同級生達は次々と就職活動（試験・面接など）を受け、内定もしていきました。

私はやや焦って、就職活動をしても成績が悪いので、学校からの推薦会社も少なく、大きな会社の試験は受けさせてもらえません。というのは、企業の採用試験では大体の合格ライン点（偏差値）が示されており、それ以上ないと受験資格がないのです。

そのようななか、やっと受けさせてもらえたのは、ほとんどだれも見向きもしなかった静岡県の中規模の電気機器関連会社でした。それでも、九州から出られる、関東地方近くに行けると思い、喜んで汽車に乗り、沼津市まで入社試験を受けに行きました。

沼津市に着くと、富士山がすごくきれいでした。試験は全体的にかなり難しく、私はその中でもやや得意だった英語の文章を必死で和訳しました。

そして受験の結果は合格でした。

昭和42年（１９６７）３月、T工業高校を卒業して、４月から静岡の「K電機」に入社しました。

第2章　K電機㈱入社

社会人1年生

昭和42年（1967）に私が入社したK電機㈱（静岡県沼津市）は、主に車の電装品を作る会社でした。

昭和6年（1931）、東京麹町に当初航空機用マグネトの国産化を使命として設立され、戦時中の昭和17年（1942）静岡の沼津に駿東工場を新設し、軍事用の電気機器を製造していました。そして戦後の昭和24年（1949）本社を沼津にし、昭和36年（1961）東京証券取引所に上場をし、その後、2輪車用、農業汎用発動機用などのマグネト生産開始、小型モーターの生産開始、集魚灯用交流発電機、エンジンジェネレーター用発電機の生産をしており、入社の翌年（1968）には㈱H製作所と業務提携をしました。現在も海外数ヶ国の提携会社を持ち、やはり2輪車、4輪車、農業機械、船外機などの関連モーター、コントローラ、パワーステアリングなど数多くの電装品を製造販売しています。

今思えば、このような伝統と高い技術を持った、製造・技術者が数百名からなる大きな会社に、よくも入社できたものだと思います。当時は、自分のような者でも試験を受けて合格してたまたま入社できた会社程度と思っていました。が、いざ入社してみるとかなり重要な電機装備品を製造している会社だということを知り、ワクワクしながら自分の力を試そうと張り切っていました。同期で入社した仲間は男12名、女12名でした。北は青森から南は鹿児島まで、各地から就職してきた人達でした。私達は、いろんな先輩も住んでいる会社の近くの男子寮、女子寮に入りました。

配属された職場は、各種の製品を作るための資材部の検査課で、製造組み立て工場へ原材料を配備する前に規格に適合しているかを検査する部署の課です。まずここで規格に適合していなかったら、あとの工程で完全な製品は出来上がりません。ということは、製造工程の最も重要なスタート段階の課なのです。私は18歳で、入社早々こんな責任の重い職場に就き、身が引き締まる思いと共に社会人になった誇りと喜びが湧いてきました。

初の職場では3歳先輩のWKさんがいろいろと仕事の要領や指導をしてくれ、話し合ったりしながら楽しく仕事をしました。

登山部に入り「鳳凰三山」に登る

そして、休みの日は同期の仲間とスケートに行ったり、山岳部に入って「鳳凰三山」の登山をしました。南アルプス（山梨県）の三つの山の総称である鳳凰山は一般的には「鳳凰三山」とも呼ばれ、最高峰が観音ヶ岳です。

・地蔵ヶ岳（じぞうがだけ）２７６４メートル
・観音ヶ岳（かんのんがだけ）２８４１メートル
・薬師ヶ岳（やくしがだけ）２７８０メートル

南アルプス前衛の山で一番ポピュラーなのが鳳凰三山です。普通は右の3山を言いますが、北側から地蔵ヶ岳、赤抜沢ノ頭、観音ヶ岳、薬師ヶ岳、砂払岳の5座から成るとも言われます。二等三角点は最高峰の観音ヶ岳にあり、全山花崗岩で、展望のよさにも定評があります。

地蔵ヶ岳の山頂尖塔は、地蔵仏岩とかオベリスクと呼ばれていて、甲府盆地からもよく見えます。

「鳳凰山」名の由来は、天平宝字元年（757）、女帝孝謙天皇（奈良法王）が転地療養にやって来たのが奈良田。そのとき登った山を法王山といい、後に嘉名の鳳凰山に変えたといわれています。南の夜叉神峠登山口から8時間で山頂、東麓の御座石鉱泉からは6時間で登頂できます。

サッカー部に入り「水を得た魚」になる

高校時代あれだけ燃えてやっていたサッカーをいろんな事情で辞めていましたが、やはり本当はやりたくてなりませんでした。

会社ではレクリエーション、健康増進、ストレス発散のためなどでしょうか、いろんなスポーツクラブがあり、終業後みんな一汗かいて楽しんでいました。その中にちゃんと「サッカー部」があったので、私はすぐに入部して久し振りに楽しくやりました。そして、他社との試合にも得意になって行ったりして、結構いい働きをしました。

また、静岡県の沼津は太平洋側にあって気候も良く、生活するにはもってこいの所で、同僚仲間との付き合いも楽しく、私はホームシックになることもなく、1年目の正月には山梨の同僚の家に遊びに行ったりして、公私ともに満たされていました。

第３章　突然の発病？

何が起こったのか？

しかし、入社翌年の昭和43年（１９６８）２月のある日、先輩のＷＫさんが急に会社を辞めてから、私は非常に忙しく仕事に追われるようになりました。

というのは、入社後１年も経たずまだわずか18歳の私でしたので、どちらかと言えば見習いのような社員でした。だからそれまでほとんど先輩の指示どおりに動けばよかったのですが、今までの仕事内容の段取りを今度は自分で考え処理しなければならなくなったのです。それと同時に、次々に周りから仕事を直接頼まれるようになり、嫌とか断ることもできず何でもかんでも引き受けると、頭の中はどうやって処理していくかということでいっぱいになってしまい、呆然としていることがありました。

そんな日がしばらく続いたある日、仕事を終えて寮に帰りましたが、机に向かうとまだ仕事のことばかり考えていました。

そして、あまり考え込んでも頭の整理がつかないので、布団の中にもぐりこみました。が、やはり仕事のことばかり気になってなかなか眠ることができなくなったので、他のことでも考えようとしました。そこで、机に座りノートにいろいろ書き始めました。

一日は24時間、仕事が8時間、寝るのが8時間、残りが8時間。要するに8時間が三つ……!?　心・技・体…。上・中・下…。やはり三つ…等々!!　とメモしていくうち、「あっ、世の中のことは皆3で成り立っている!」私は大発見したと思い込み、突然、布団から跳び起き、はだしで廊下を走って行って寮監さんの部屋の戸をどんどん叩き、「私はとんでもない大発見をした!　怖い、怖いから寮監さんの部屋で寝かしてください。私の部屋の机の上にあるメモは燃やしてください」とお願いしたのです。朝方の4時か5時ごろだったと思います。そこで急に気が遠くなってしまいました。

気づいた時は田舎の道を（あとで分かったのですが、病院へ向かって）走る車の中でした。途中で気分が悪くなり、車から降りて新鮮な空気を吸って深呼吸したのを覚えています。そこは函南町という人里離れた田舎でした。

私は突然の精神的発作？に見舞われたのでした。K電機の寮監の部屋に飛び込んで大騒ぎになり、寮監や寮のみんながかけつけて、医師も来て、これは今で言うところの『パニック症候群』的な精神的発作だと判断され、私を最寄りの静岡県函南町の精神病院へ搬送させることに決めたようです。

そして私はそのままそこに入院する（させられる）ことになりました。当然私は会社はクビ（免職）になったのでしょう。その時点ではあとのことは全く分かりませんでした。とにかく精神病と診断？され強制入院となったのです。

しかし、けがとか病気治療の入院ではなく精神的な病状？ですので、どこまでが重症なのか軽症なのか自分でも分からないし、治るのか治らないのかも分からない、どんな治療法を施されるのかもはっきりしないのです。ただ同じような日々が過ぎていく入院生活は、それはそれは退屈の連続でした。

さらに、当時の精神病院の設備、待遇、治療？などの状況はひどいものでした。だだっ広い部屋にいろいろな人がごちゃまぜで寝起きしていました。その人達のそれぞれの病状？もまちまちであり、なぜ入院している（させられている？）のか分かりません。

18歳の私にとって耐えられない苦痛で、なにかわがままを言おうものならすぐ看護士さんに押さえつけられ、注射を打たれて独房行きでした。力ずくで押さえられ無理やり先生に注射される時の悔しさ、それは先生をぶっ殺してしまいたいくらいでした。また独房にはトイレがあるのですが今のような水洗トイレではないので、そのにおいが臭いことくさいこと、食事の時など耐えられません。

要するに、（経験はありませんが）刑務所も同じようなものだったでしょう。いわゆる「臭い飯を食らう」ということは、犯罪者が刑務所に入ることの代名詞と言います。何も犯罪は犯していなく、逮捕されたわけでもなく、裁判で有罪になったわけでもないのに、なぜ私はそれと同じような仕打ちとでもいう扱いをされるのかが悔しくてなりませんでした。

もちろんあの夜、突然訳の分からない？ことを言い出して多少暴れた？のかも知れませんが、しばらくすると、なんとか平静を取り戻したように思います。ところが当時は、一旦精神病院へ入院させられたらなかなか退院させてくれないのです。それは、精神病の場合は何が治癒なのか判断基準がないからです。というのも、精神の病気とは一般の病気やケガとは違って、患者本人の自己申告（私はここが痛むなど）によって診査されて治療・入院するものではないのです。要するに、例えば一般的常識？と全く違った考え方、行動をした場合でも精神病と診断されることがあるのです。

私の場合も、まだ入社1年足らずで、自分では何でも頑張ればどんどんできるということを中学、高校といくつも経験してきていたので、仕事にしても何とかやれると自負していたのですが、その自信と未知の現実である過度な仕事が頭の中で争い、俗に言うところの「ブチ切れた」？のだと思います。結局、ケガではない一般的な病気の場合、原因のもっとも多くが精神的ストレス（プレッシャー）と言われます。というのも、心臓や肺、肝臓、胃、小腸、大腸など全身の臓器は自分自身で「動け」という指示はせず、例えば眠っていても、自動的に『脳』からの指示で、いわゆる「自律神経」が支配しています。結局、脳に強いストレスが蓄積することで全身のあちこちに病気が発生する可能性が高いのです。そこで、脳は自分の生命機能を助けるために一時的にストレスから解放して、本来の平常「思考能力」などを止め（負担を減らす）、自律神経を維持（集中）しようとするとき「精神疾患」が突発すると考えられます。だから、その元を少し軽くすればおそらくまた普段の私に戻れたのではないかと思いますが、前にも書いたように、治療というか、まるで刑務所の罪人的扱いをされると、ますますおかしくなっていくようでした。そこで、わがままを言ったり、少し暴言を吐いたり騒ぐので、また鎮静剤?注射、独房入り。その注射液も、今思えば何が原材料だったのか分かりません。

近年、テレビで観た、高倉健さん主演、中野良子、原田芳雄、西村晃などの豪華キャスト出演の昭和51年（1976）作品『君よ憤怒の河を渉れ』（原作・西村寿行）という映画の後半で、ある精神病院が舞台で、その設備や薬、患者虐待などから何か私が入院した時を思い出し、いろいろ考えさせられたものですから、ここに少し書き残すことにしました。

現職の検事（高倉健）がある大きな政治がらみの陰謀を調査しているとき、一人の重要な人物が何者かに殺害されたが、その罪を健さんが着せられたので、それを執拗に追跡する刑事（原田芳雄）や多くの警察官の追跡を逃れながら、北海道から関東地方へと（北海道の牧場主のセスナに乗り）逃走し、自分に罪を着せた真犯人をを求めて捜していくのだが、その真犯人はある精神病院と何らかの関係があることが分かってきた。

そこでは、社会的に不適合（今で言う反体制派など）の人などを半強制的に入院させ、だんだん本当の精神病になる『薬物』を毎日三度三度与えたり、手術（ロボトミー手術＝脳の前頭前野切除）を強制的に施し、誰かの命令通りに動く「ロボット人間」を作っていた。その患者の一人が真犯人（田中邦衛）だった。そして、健さんに濡れ衣を掛けるためある人物を殺害したのだ。

そこで、健さんの無実を信じて逃走を協力してくれた北海道の牧場の娘（中野良子）が妻として、「夫の様子がおかしい」と言い、健さんは自分がいかにも精神病患者になったように芝居して入院する。そして、毎日与えられる薬も飲んだふりして、男性看護師数人が口の中を残っていないか点検するが一旦飲み込んでいて、安心した看護師が独房を出たらすぐに口に指をさし込み便器に吐き出していた。

そして、数日後とうとう廃人？になったような仕草をしている健さんを独房から出して、精神病院の院長とその黒幕である政治家で製薬会社の株主の悪玉（西村晃）が、健さんの廃人姿を確認し、殺人罪の責任を取って自殺をするように（洗脳）促す。健さんは言われるがまま病院の屋上から跳び降りるため、端の方へ歩いていく。…ところが、健さんは急に振り返り、正気の状態に戻り、彼らの企みを暴くのだが、その企みとは、まさに普通の人をロボットのような殺戮兵士として戦場へ行かせる人間を造りだすため、「薬」の開発と人体実験をしていたのだ。その政治家は国の防衛予算（戦争利権）の略取を進めていたのだ。

健さんはそもそも特捜検事でその陰謀・犯罪を調べていたので、彼を殺人者に仕立て上げてその追及を葬らせようとしたのだった。

それまで、健さんが本当の殺人者だと思って執拗に追いかけていた刑事もそのカラクリを知り、刑事も健さんと一緒になって悪者達を追いつめる。院長はもう逃げ場所を失い、病院の屋上から身を投げて自殺する。黒幕の悪者政治家は自分の権力を誇示して堂々と外国へ旅立とうとする。刑事は自分の拳銃でその去っていこうとする政治家の足を撃った。なおも逃げていこうとする政治家を今度は健さんが刑事の銃を取り上げ、自分の命まで狙った裏の大きな犯罪に対してとどめを刺すように数発発射した。その後、刑事と健さんは今までの職場だった警視庁へ戻り、処分を受けようとするが、上司は正当防衛だと寛容な計らいとなり、刑事はそのまま処分なしで、健さんは自由の身になり（検事に戻ったのかどうかは描かれず）終わった。

この映画はずっと後で観たものですが、当時私が精神病院で独房に入ったり、制裁を加えられたり、薬を飲ませられる様子とよく似ていました。飲まされた薬や注射の効果、副作用？がどれだけあったのか分かりませんが、虚しい入院生活は続きました。

楽しみといえば月1回東京から姉が面会に来てくれることでした。また入院中に郷里から父が来てくれ、姉と三人でお昼の弁当を病院から少し離れた畑の畔道で食べたことが、すごく嬉しかったことを覚えています。

結局1年過ぎても病状が良く？ならないので、父の計らいで退院して郷里で養生することになり、迎えに来てくれた姉と函南の精神病院を後にしました。

第4章　病気回復…再就職

漢方薬で元のようになった

昭和44年（1969）3月、熊本へ帰った私は母に連れられ、大学附属病院へ行き詳しい検査を受けました。しかし、脳波などどこも悪いところは見つからず、では私の病気は一体何が悪いのかと考えてしまいました。

結局、前にも書いたように、精神の安らぎを持たなければならないと思いました。やはり、心（脳）の病気の場合、化学薬品ではあまり効果はないのでしょう。

現在、かなり権威のある博士や医師までが『薬』の飲み過ぎで却って病気が増えている、という書籍があり講演などが頻繁に行われ、日本は世界一薬を飲む人達が多く、その保険負担も年間数兆円とも言われ、それだけ薬を飲んでいるのに人口当たりの病人数も世界一とも言われています。ということは、現在使われている薬の多くがまさに効果が少なく、副作用の方が大きいという証明の数字だろうといえます。

ところで、私の場合も当初の突然パニック症状になったときは、前にも書いたような、子供が授業中に何か強いストレスの結果突然騒ぎ出すのと同じような、実は突発的症状ではなかったのかと思いました。それを即、精神病院へ運ばれ、治療が始まり、治療と言ってもそれはほとんど「薬」（化学薬品が主）によるものでした。ところがそこではいつまでたっても症状は良くならず却ってだんだん悪くなっていくような気がしていましたので、父が熊本に連れ帰ったのでした。

玉名に帰ってからある日、どこからの情報か忘れましたが、このような症状には漢方がいいと聞いたのです。結局、漢方薬は化学薬品ではなく、自然に存在する草木や野生動物など人間が大昔からつき合ってきたものが主な原料ですので、副作用が少ないのです。そこで、漢方薬の専門薬局を調べますと、熊本駅近くのK薬局が有名とのことで、そこで薬を調剤してもらって飲み続けました。それが良かったらしく1年もすると、気分も落ち着き普通の人とほとんど変わらないくらいまで良くなりました。

ほとんど回復したある日、父が新聞を見ていて「コンピュータの専門学校へ行ったらどうだ」と言いました。当時コンピュータが社会のいろんなところで利用され始めていた頃です。理数系が得意だった私は自分に合った新しい世界だと納得して通い始めました。専門学校の授業は一日置きでしたので休みを利用して、玉名市内中探し回ったら、肉屋の御用聞きや新聞配達がありそれらをしました。それらは実に楽しいアルバイトでした。

そうして、ほぼコンピュータの作業もできるようになっていた頃、母校（T工業高校）のサッカーの部長をされていたSA先生より呼び出され、「森、S金属という会社で働いてみないか？　コンピュータの仕事をやらしてもらえるらしいぞ」との話でした。私は専門学校に来られていたKU大学の教授に相談しました。「それはいい話だ、すぐにでも行ったほうがいい」と言われ、父とも相談して、和歌山県のS金属㈱へ応募し、入社することになりました。

第５章　Ｓ金属㈱勤務

和歌山時代

昭和45年（１９７０）に和歌山県のＳ金属に入社、配属先は機械計算課というコンピュータを扱う職場でした。21歳のことです。

ＩＢＭやＮＥＣのオペレーションを担当しました。仕事は楽しかったです。人間関係もスムーズで、最初の頃こそ漢方薬を飲んでいましたが、いつの間にかそれもやめていました。

和歌山での思い出が二つあります。恋をしたことと、寮の役員を経験したことです。社員食堂で時々見かける女性、彼女はいつも仲間と一緒で笑顔が印象的でした。ある日、仕事を終えて本館を抜けて正門の外にあるバス停へ歩き出したその途端、ザアーッと夕立です。私は濡れまいと10メートル先を歩いている女性の傘の中へ、「すみません、入れさせてください」とお願いしたら、なんとその女性こそ、笑顔の素敵な彼女だったのです。バス停までは１００メートルくらい、何を話したかもよく覚えていなくて、あっという間でした。彼女の名前も聞かずじまいでした。

それからは寮へ帰ってからも職場でも頭の中は彼女のことばかり。しかし、神様はもう一度チャンスをくれました。ひと月ほど過ぎた頃でしょうか、職場で「社内報」をもらって見ていたら、なんと写真入りで彼女が載っているではないですか。本を紹介するコーナーでした。それで原価課の平川紀子（仮名）さんと分かりました。仕事中にもかかわらず、すぐに原価課へ電話して平川さんに「話があるから、渡り廊下で待っている」と彼女を呼び出しました。

そして、近くの売店まで二人で歩きました。帰り道私は彼女に「定時後、喫茶店で待ってるから」と告げました。しかし時間を過ぎてもなかなか現れません。30分過ぎた頃やっと来てくれました。遅れた理由を彼女はこう言いました、「私が三つ四つ年上だろうから気が引けた」と。聞いてみると彼女は25歳、私が22歳でした。それでもそんなことはほとんど気にはならず、何回かデートしました。

なかでも、今でも記憶に残っているのは二人で街を歩いていたら小さな神社の祭に出くわしたのです。二人は人ごみの中をはぐれないようにと手をつなぎ歩きました。その帰り道、二人ともお腹が空いたので駅の近くにある食堂に立ち寄ることにしました。そこでその食堂の入り口でつないでいた手を離すことになりました。本当は手をつないだままずっと歩いていたかったのに……。いつも彼女は消極的でした。

そんなとき私は職場の同僚達と、和歌山市から南へ40キロほど離れた御坊（海水浴場）というところへキャンプに出掛けました。昼間は楽しく遊んで夜になり、キャンプファイヤーの後、みんなで馬乗り遊びをして楽しんでいました。私の番が来て相手の背中に飛び乗ろうとした時、ちょっとした油断でまともに肩から落ち、なんと片方の鎖骨を折ってしまいました。すぐに友達が私を車に乗せて最寄りの病院を探してくれ、夜中の12時近くにやっと病院へ着き、診察を受け入院するはめになりました。

彼女へそのいきさつを電話で知らせたら、心配して次の日曜日に電車で御坊まで見舞いに来てくれました。久しぶりに会えて嬉しかったです。

その後、病院が和歌山市内に移ってからも、休みのたびに来てくれました。そして病室に花を飾ってくれたり屑籠のゴミを捨てたりしてくれたのです。同室の人達から「もう結婚したら？」と冷やかされました。特に何日もお風呂に入っていない私の身体を、洗面所でタオルを使って拭いてくれたのが一番嬉しかったです。

そうするうちに、こんなこともありました。元気になるにつれ病院から外出できるようになり、私は彼女の家を探して会いに行きました。

下町の路地に入っていくと家の前で遊んでいる彼女を見つけました。彼女はびっくりしながらも喜んで私を家へ招き入れ、お母さんに紹介してくれました。

彼女の家は決して豪華ではありませんでしたが、お母さんは丁寧に三つ指を突いて「娘がいつもお世話になり、ありがとうございます」とあいさつをされました。私は恐縮しながらも、「世話になっているのは私のほうです」と答えました。

しかし、初恋は儚いもの。ある日、彼女を誘って街に買い物に行きました。その帰り彼女が喫茶店に行きたいと言い出したのです。喫茶店に着いた途端、彼女の口から別れ話が出ました。彼女が言うには「私はもう25歳、私のほうが年上なので街を歩くにも気が引ける。結婚してもらえるのなら別だが、そうでないなら別れてください」。この言葉には困ってしまいました。まだ入社したばかりで仕事もろくに覚えていないうえ、奥手の22歳。私はまだまだ結婚は考えられませんでした。好きで好きでたまらないのに、私の口から出た言葉は「仕方がない別れよう」……でした。

彼女は泣きじゃくりました。今思うと、まず両親に紹介して婚約すればよかったと思います。

約1年後、彼女は東京へお嫁に行くということを耳にしました。私は百貨店の商品券を、「おめでとう」と言って手渡しました。それが彼女との最後となりました。今では古き良き思い出です。

社員寮の自治会役員

中途採用の我々は、独身寮には入れず民間アパートを貸し切って、社員の寮代わりの分宿にしていました。私は休みの時など、その分宿の同寮の人達とよく卓球やマージャンなどをして過ごしました。

ある日四人でマージャンをしていると、私の対面の先輩（自治会長）が真面目な顔をして、「誰か次の自治会長を引き受けてくれないか？」と言い出したので、自治会長が変わるのかと思いながらマージャンを続けました。

マージャンを終えた後、私はなんでも経験だと思い、友達のT君を連れて先輩の部屋へ行きました。

そして、「私に次期会長をやらせてください。私が会長で、T君に副会長をさせようと思います」と先輩の会長に頼みました。先輩の会長は、「次の会長は大変だぞ、おそらく分宿をつぶしに来るからな。それでもよいか?」「ハイかまいません」と私はそれがどういう意味かもよく分からずに言って、T君にも了承させました。

今思うと、よくそんなことが言えたもんだと、自分でも不思議に思います。普段はおとなしいだけの自分なのに。たぶん父親譲りなのでしょう。頑固一徹な父でしたが、町工場の組合長をしたり、村の村会議員をしたりしていました。父は人の世話するのが大好きだったのです。

ところで、自治会長になった途端、案の定、先輩が言ってたとおり会社の厚生課から寮の自治会宛に全員分宿のH荘から会社の寮へ引っ越しするよう通達が来ました。しかし、会員の中にはいまさら堅苦しい寮なんかには移りたくないという者がいて、会社の言いなりにはなりたくないとの意見が強く、自治会長の私は難しい立場に立たされました。無理もありません。H荘のメンバーと言えば途中入社の人がほとんどで、好きで分宿に入ったわけではなく正規の寮に空きがなく会社側の事情で仕方なく分宿に回された、といういきさつがあったのです。私は前会長や副会長と話し合ったり、会員を集めて話し合いの場を設けました。そんななか会長の私に向かって「おまえは会社の犬か！」とまで言う人もいました。何回も話し合いを繰り返すうち、どうしても移りたくない人にはその理由と、一般のアパートへ移ってからも決して会社に迷惑をかけることはいたしませんという念書を書いてもらいました。そして、私はその念書を懐に入れて、副会長を伴って会社の厚生課の副長と再度、交渉をしました。

その時、副長さんが「君は会長なのに会員皆を説得できないのか」と言われ、頭にきた私は「なんてことを言うんですか。副長さんこそ私一人をも納得させることができないではないですか。私は自分が本当に納得した内容であれば、会員みんなを納得させられます」と大きな声で啖呵を切りました。そうしたら、さすがの副長さんも黙ってしまわれました。そこで私は念書を取り出し、「これはどうしても移りたくない人の念書です。持ち帰って上司と相談してください」と言って引き上げました。

数日後、私の案でよろしいとの電話がありました。

引っ越しの当日、トラックがなかなか来なくて気を揉みましたが、「来たぞう」の一声で皆一斉に動き出しました。それはまるで民族の大移動みたいでした。

「待て待て、まずは最上階の4階からだ、そのあと3階2階1階の順番だぞう」と私は大声で指示しました。皆で誰かれの分なしで運んだため思ったより早く終わり、夜には引っ越し祝いの宴席がもたれ、皆晴れ晴れとした顔をしてにぎわいました。会長の私も、皆が協力してくれたのに対し感謝の気持ちでいっぱいでした。これを機に私は一皮むけて一人の人間として自信が付き、一回り大きくなったように感じました。何をするにも積極的になったのです。

海水浴で出会った女性

新しい寮の生活にも慣れた24歳の頃、休みの日に海水浴へ行きました。そうしたら、同僚が若い女の子を相手に水遊びをしていました。

「森ちゃん、一緒に遊ぼう」と言われ、私も仲間に入って水の掛け合いをして、童心に戻り楽しいひと時を過ごしました。その後、ある女の子と二人だけになった時、その子から「彼女はいるのですか?」と聞かれて、「いいや、いないよ」と言ったら、「それじゃ友達になってくれますか?」と言うので「いいよ」と返事して付き合うようになりました。

彼女は20歳でしたが、まだ子供みたいで、すごく素直な子でした。いろいろな所へ一緒に行きました。和歌山の市民プールで泳いだこと。山手の池のある公園へ行って、夜勤で疲れていた私は芝生の所で寝込んでしまい、横にいた彼女がいなくなってあわてて探したこと。大阪の西成区にある彼女の家へ行ってアルバムを見せてもらったこと。知らない大阪の町を二人で話しながら何時間も歩き続けてすっかり日が暮れたこと。

ところが私達二人にとって大きな問題が起きました。職場で転勤の話が出たのです。会社としては茨城県に新設した鹿島工場の社員が足りないため、和歌山から中堅社員を転勤させて、鹿島工場の充実を図りたいという意向なのです。

コンピュータ部門も人員が足りないので、和歌山の私達オペレーター一人一人に上司が「どうだい、鹿島へ行かないか？」と声をかけて回りました。私としてはちょうど仕事に飽きが来ていましたので鹿島へ行ってもいいなと思いました。その話を彼女にすると「行きたいんでしょ」と言って反対はしませんでした。結局、T君と二人が鹿島に行くことになりました。転勤の当日、彼女は大阪駅のホームまで見送りに来てくれました。彼女は半泣きの状態でした。目にいっぱい涙を溜めて、今にも泣き出しそうでした。そして無常にも汽車はホームを出発しました。

彼女と満天の星空を仰いで

その彼女と和歌山の海水浴で知り合って、付き合い始めて半年が過ぎた昭和48年（1973）11月のことでした。それは鹿島で働き始めてひと月経った頃、彼女が大阪から鹿島まで会いに来てくれたのです。もちろん嬉しかったです。

私は国民宿舎を予約したり、デートコースを考えました。一部屋に二つの布団を敷いて並んで寝たのですが何もさせてくれず、私はあきらめてウトウト眠ってしまいました。ところが夜中に彼女の呼ぶ声がして目を覚ますと、「来て来て、すっごく星がきれいよ！」と言うので、私は起きて彼女の指す窓辺へ行くと、「わーほんとだ!!」それは、満天の星空、真っ暗な夜空に無数の星々が煌めいていました。

翌日はスケートに行きました。彼女も上手で、二人で手をつないで滑りました。卓球もしました。その後は皇居の公園に行き、のんびり記念写真など撮って過ごしました。今でもその時の写真がアルバムに残っています。この時の彼女は初めて会った時よりずっと大人びて見えました。ところが彼女の良さ、ありがたさが自分には分かっていなかったのです。

それから彼女から、「あの時の満天の星空が忘れられず、星を見るたびにあなたのことを思い出します」と手紙をもらったりしたのですが、私は新しい仕事に熱中するあまり彼女のことを粗末に扱い、クリスマスや正月にも連絡しなかったため、彼女からのきれいな年賀状をもらったのを最後に音信不通になり、いつの間にか別れてしまいました。

鹿島工場時代

24歳の私は、鹿島での新しい仕事自体はおもしろかったのですが、和歌山の時と違ったのは現場である工場とのオンライン・システムということでした。それは、個々の人間は大企業の一つの歯車でしかなく、ややもすればただ単調に仕事をこなしていく日々で、あまりワクワクするような自分を感じられるものではありませんでした。

そこで、私はまた独身寮の自治会の役員になることに生き甲斐らしきものを求め、自ら志望しました。和歌山での役員の経験もあり、歳もいっているということで、最初から交通部の部長を任せられました。

役を引き受けて数日経ったある日、夜10時を過ぎた遅い時間だというのに自治会長が寮内放送で呼び出されました。何かあったなと直感した私は10円玉を鷲づかみにして、急いで私も呼び出される放送を聞きながら事務所へ駆けつけました。

案の定、交通事故でした。寮生同士の正面衝突で血だらけで救急車で運ばれたとのこと。私は会長に現場を任せて自分は病院へ飛んで行きました。

運ばれた寮生の一人は重体で、病院へ運ばれて間もなく亡くなりました。その前に寮監さんに親御さんを呼ぶよう頼みましたが、四国の実家へはなかなか連絡が取れず、親御さんから病院へ電話があった時はすでに亡くなった後でした。

霊安室で亡くなった寮生に看護婦さんと白い布を着せて、胸の上に手を載せ指を一本ずつ組ませました。それから、寮監さんや自治会役員で葬式の準備をしました。そして夜が明けるのを待って遺体をお寺に運びました。思いがけず徹夜となり、いろいろ大変でした。

その事があって、交通部の活動として、工場から車で寮に帰ってくる寮生に声かけして自動車の点検をしました。１００台くらいしたでしょうか。また出勤だけではなく、休日などでも車で出かける寮生にシートベルトを付け、交通安全を図るように声かけしました。それから警察へ行って事故の時の写真を借りてきて寮の掲示板に地図と一緒に張り出し、交通安全への意識向上に努めました。

２年目は自治会の副会長をしました。この時はあまり大きな責任がなく暇なので、何回か見合いをしました。結局だめでした。

特に記憶に残っているのは、１回目の見合いでした。玉名出身で、Ｋ洋裁学校の生徒さんでした。私のいとこである若先生の紹介でした。お互い気に入ったのですが、相手のお祖母さんがそんな遠くの人の所へは行かないでくれと言うのでだめになりました。

自治会長で「寮の10周年記念誌」

３年目私は28歳になり、とうとう自治会長に就任しました。私が就任して総会の中で、寮の10周年記念誌を作ろうということになり、その編集実行委員を８名ほど選びました。

そして、話し合いを設けましたがワイワイガヤガヤ、いろいろな意見やアイデアは出るのですが一向にまとまらず、具体的に進展しません。そこで悩み考え付いたのが円グラフにするというアイデアです。それは、大事な条項を円グラフにしてそれぞれ割り付けてみるのです。

「記念誌の大きさ（サイズ）はB5かA5か」

「全ページ数はいくつぐらいにするか」

「予算はどれくらいにするか」

「どんな内容の記事で、記事の割合はどうするか」

「各担当は誰にするか」

「原稿は誰に書いてもらうか」

「納期はいつにするか」等、意見やアイデアがどんどん具体的に進み始めました。

内心よかった、よかったと思っていたところ、なんと急に会社から人事異動を言い渡されました。今度の行先は大阪本社でした。

私は鹿島を第二の故郷にしようと100坪の宅地まで買い、いずれはそこに家を建てるつもりにしていました。

「鹿島に骨を埋めるつもりなので人事を断るわけにはいきませんか？」

と、上司に尋ねたところ、

「嫌なら会社を辞めるしかないぞ」と言われました。

いまさら、転勤を断って会社を辞める気もなく、渋々?転勤を決めました。今ならまさに「パワハラ」に匹敵するような発言ですが、あの頃こんなことは、大企業にとって当たり前のようで、まるで将棋の駒を動かす程度のことでした。

そういうことで、寮の自治会では私の後を引き継ぐ新しい会長を決めるための選挙をすることになり、実力のある若手のＥＨ君が次期会長に選ばれました。10周年記念誌の発行もＥＨ君に引き継ぎました。そして後日、立派に出来上がった寮10周年記念誌を送ってくれました。

大阪本社時代

昭和53年（１９７８）、新たな気持ちで大阪本社へ転勤しました。私は29歳になっていました。仕事は同じコンピュータの操作ですが、鹿島の時とは違うのでまた一から覚えるのに苦労しました。人間関係の難しさも感じました。

勤務は三交代でしたがもう若くはないので体力的にもつらく、私は30歳になったのを機会に仕事とは別に何か世の中のためになることをと思い、小学生にサッカーを教えることを始めました。もちろんボランティアです。

しかし、子供達といっしょにサッカーをするのはすごくたのしかったのですが、監督の先生や保護者の人達とうまくいかず1年ちょっとで辞めました。

そのあと硬式テニスを1年程習い結構できるようになりましたが、もともと仕事の合間に何か世の中の役に立ちたいという動機のスポーツに絡んだ奉仕活動は、なかなか上手くできませんでした。テニスは1年間で辞めました。

仕事はグループワークなので、今いち面白くなかったです。出世コースに乗るための特別社員教育も受けましたが、精神障がい（履歴）があるため見事に落ちました。私としては、社会人成り立ての頃、ほとんど自分でも分からないまま発作的に発症？した精神障がい？だったので、ずっとその障がいが続いているといった自覚症状はなかったのですが、やはり大企業となるとそのキャリア（履歴）というのは大きな障害となってしまうのが現実のようです。もちろん中途採用で、実質上の能力も不足していたのかも知れませんが、現実の前では実力だけでは乗り越えられない壁があることも分かりました。

彼女もできませんでした。そんな感じの大阪本社での勤務が3年ほどが経ち、また転勤です。

東京本社時代

昭和55年（１９８０）32歳の時、今度は東京本社へ転勤になりました。コンピュータ室を任せられ仕事は面白く、私の株も上がりました。

オペレーターは定年間近の人が２人おられ、その人達の面倒も見なければならず責任重大です。また各部署の端末機が故障すると私の出番です。それからデータ入力のためのキーパンチャーが10人ほどいて、何かあると大変です。

少し荷が重すぎたのか、半年経ったころ私は風邪をひき、熱があるので社内の診療所へ行きました。熱冷ましに座薬を入れてもらったのは良かったのですが、薬が効きすぎて暗室に寝かされていた私は体が楽になり、スーッと気が遠くなり意識がなくなるような気がしました。慌ててナースコールのボタンを押しましたがすぐには来てもらえず、こらえ切れなくなって私はがばっと起き、ドアをバーンと開けて廊下へ飛び出しました。その時すでに「誰か来てくれー！」と叫びながら半狂乱になっていました。

「おれは10年くらい前、精神病院へ入っていたことがあるんだ、早く専門のお医者さんを呼んでくれー！」とのたうちまわりました。

精神科の先生が来られると私は「早く楽になる注射を打ってください」と腕を突き出しました。その後は覚えていなくて、気づいた時はすでに病院の中に寝かされていました。板橋区の病院です。

職場は大騒ぎになったようで、部長さんが社内に緘口令を出されたと後で聞きました。症状は3ヶ月も経つと落ち着き、院長先生の配慮で午前中だけ職場へ顔を出すようになりました。

最初は机に座っているのが辛く、針の筵のように感じました。周りの視線が何か異様な者を見るような雰囲気だったからです。

奥多摩の日の出山

それでも少しずつ慣れてきて、半年後には退院できました。仕事はやさしいものからさせてもらいました。休日はほとんど寝てばかりで出勤するのがやっとでした。

少し元気が出てきた時、「そうだ、好きな山へ行こう」と思い立ち、地図を広げて奥多摩の日の出山に登りました。帰りは青梅梅林へ下りるつもりが頂上で道を間違えたらしく、五日市町へ出てしまいました。駅への道を教わり、歩いていると小学校の校庭に出てしまいました。

見ると小雨の中で、子供達がサッカーの練習試合をしていました。立ち止まり、「あまり上手ではないな」と思って見ていたら、校舎の中から大人の人が近づいて来られ、「ご父兄の方ですか」と尋ねられたので、「いいえ、山登りの帰りです」と答えると、

「サッカーがお好きのようですね。実はサッカー部の指導者を探しているのですが」と言われました。私は、「住まいが西船と遠いですので」と断ってその場を立ち去りました。ところが、寮に帰り着いてみると、あの小学校の子供達が一所懸命ボールを追っかけているのを思い出して胸が高まり、居ても立ってもいられなくなりました。

翌日会社へ着くなり、電話帳で五日市町の小学校の番号を調べ即電話しました。出られた先生が「それなら保護者代表のＡＭさんでしょう」と電話番号も教えていただきました。早速電話をして、昨日の話をしました。

そして土日の都合の良い時だけ行くことになり、交通費だけは出してもらえることになりました。

次の土曜日さっそく電車を乗り継いで五日市町のこじんまりした駅に降り立ちまし

た。大阪での失敗を思い出しながら、今度は子供達と楽しむことはもちろんのこと、保護者の方達ともうまくコミュニケーションを大切にしようと肝に銘じ、小学校へと足早に歩き出しました。

子供達は素直な子ばかりで楽しく練習し、最後は軽くゲームをして終わりました。保護者の方から「森さんは酒はいけるほうですか?」と声がかかり、「明日は何かご予定があるのですか?」と尋ねられたので、私が「予定はなく、また酒も少し嗜むほうです」と答えると保護者の副代表のKTさんという方が自宅へ電話され、「女房も是非にと言っていますので、どうぞおいで下さい」と言われ、ついて行きました。

まずはお風呂で疲れを癒し、きれいな奥様の手料理を肴にビールを飲みました。途中からKTさんが「もらいものだけど」と言いながら、高級ウイスキーを開けてくれました。サッカーやラグビーの話に花が咲き、とうとう二人で1本飲み干してしまいました。最後にはKTさんは横になって寝てしまい、奥さんと二人で大きな体を引きずるようにしてKTさんを寝室まで運びました。奥さんが「今夜はよほど嬉しかったのでしょう、酔っぱらってしまうなんて!」と言われました。

それからは月に1、2回は泊まらせてもらい、そのたびにKTさんと飲みました。彼は東大卒で、その頃は成蹊大学の教授をされていました。

まるで私にとっては天国でした。保護者の代表がＡＭさん、副代表がＫＴさん、天神さんのような、ありがたい巡り合わせでした。日の出山の頂上で道を間違えたのが天の配剤でしょうか。それから私の他に地元の若手が二人ありがたいことにコーチになってくれました。

またこの頃になると、仕事のほうも順調で少しずつ自信が出てきました。大坂で行われた、仕事に関する発表会にも出席させてもらい15分間、皆の前で話をしましたが、結果は好評でした。部長さんからも褒められました。遊びもしました。サッカークラブにも参加して試合にも出させていただき楽しかったです。スキーにも行きパラレルも出来るようになりました。

雲取山にも単独で登りました。２０１７メートルの東京で一番高い山です。その時、ＫＩ夫妻と知り合いになりました。

病気再々発？

しかし、いいことばかりは続かないものです。退院後、薬を飲んでいなかったせい？もあり、35歳の時、また躁状態になり病気が再発したのです。今度は千葉の病院に入院させられました。

何の因果か、前回入院した時は片桐機長操縦の日航機が東京湾へ墜落する事故があり、今回入院時は、坂本九ちゃんなど多くの方がなくなった御巣鷹山大事故がありました。

熊本から母と姉が見舞いに来てくれましたが、担当の若先生は「今の状態は肉親の方にもお見せできません」と断られたそうです。それでも母は「どうしても見せてくださ い。覗くだけでかまいませんから」と無理を言い、小さな窓から見てみると、動物園の檻のなかの熊のような状態であったそうです。帰りの飛行機の中で母は姉に「もう俊光は廃人になるかも…」と口にしたと後で聞きました。

再び郷里の熊本へ帰る

1年近く過ぎても回復しないので、郷里の熊本へ帰ることになりました。

そしてお城の近くにある国立病院へ通いました。だんだん病状もよくなり年明けの1月5日より職場復帰と話がまとまり楽しみにしておりましたが、不景気風が吹きテレビのニュースで鉄鋼大手5社の人員整理の話が出て、1月5日の職場復帰の話は吹き飛んでしまいました。その後、会社側から直属の上司と人事課の担当のお二人が玉名の我が家までおいでになり、こんこんと希望退職を勧められました。

そばで聞いていた母が、お二人が帰られた後「俊光、もう辞めるしかないぞ。あんなにまで言われて」と母も腹が立ったようでした。

姉に辞表の書き方を教わって何とか書き上げました。36歳になっていました。

昭和61年（１９８６）に母と二人で、西船の寮まで引っ越しの荷造りと会社へのあいさつに行きました。

第6章　郷里にて

菊池市のU病院に入院

郷里へ帰った私は国立病院の先生の勧めで精神保健センターのデイケアへ通いました。仲間が出来、結構楽しく過ごせました。しかし仕事をしている時と比べると、それはどこか空しさを禁じえませんでした。

2年くらい通ったでしょうか、指導員の補助をされている若い女性を好きになってしまい、それがきっかけでまた病気が再発し、菊池市のU病院へ入院しました。39歳の時です。母が「交通の便が悪いね」と言いながらも、バスで山鹿・菊池と乗り継いでわざわざ見舞いに来てくれました。

院長はラガーマンで、スポーツには力を入れてくれ楽しかったです。

そこを半年くらいで退院すると、指導員が「デイケアを続けるより、少し早くても軽い仕事に就いたほうがいいだろう」と、Ｔ保健所のＵＥさんに連絡を取ってくれ、理解のある職親の『Ｋサッシ店』にお世話になることになりました。

社長のＫさんは障がい者に対してもしっかりした考えをお持ちでいろいろ気遣ってくれました。

ある日、車で出勤中に当て逃げされ腐っていると「今日はもう仕事する気分ではないだろう。帰っていいよ」などと声をかけてくれたり、また飲みに連れていってくれたり、本当にありがたいことでした。

そうこうしているうちに保健所のＵＥさんから一般就労の話がありました。家具作りの会社でした。面接を受けたら受かり、行くことに決めました。仕事では文句ばかり言われました。また同僚からもばかにされましたが、中にはいい人もいました。

就職・結婚

そんななか、ボランティアでもしたいと思い、Ｔ荘という身体障がい者の施設を見学に行きました。自分も車いすを押すくらいは出来るのではと思ったからです。そしたら、指導員室のスケジュールに社会福祉専門学校生実習とあるではないですか。それを見て私は「そうか福祉の専門学校へ行けばこのような仕事に就けるのか」と初めて知ったのです。

年が明けて2月頃、会社を休んだ時に思い切って専門学校へ電話したら、「今、生徒を募集中です」と言うのです。チャンスだと思い、今日中に願書だけでも手に入れようと急いで電車に乗って学校へ行きました。願書を手にした時は天にも昇る気持ちでした。

入学試験にも合格し、2年間、福祉の勉強をしました。その間に妻とも知り合い、結婚しました。そして卒業と同時に知的障がい者施設のY学園に就職できました。仕事はやりがいのある内容で、給料も良かったです。

「先生」と呼ばれるのは何とも気持ちのいいものです。苑生はこちらの言うことを素直に聞いてくれます。園生はなおさらです。ところが先生の中には、上から物を言う人が多かれ少なかれいるものです。3年目になるとその辺が見えてきて先輩や同僚の先生と意見が食い違ってきたのです。

園長先生に尋ねたら、「君のほうが間違っている。S先生を見習いなさい」と言われてしまいました。そこで「ようし、見ていろ」と力んでがむしゃらに頑張ってしまい、挙句の果ては四面楚歌になり、やはり病気が再発してしまいました。

結局、今考えると、私の場合、過去においていつも何かを目指したり、期待されたりすると、ついつい夢中になって頑張り過ぎて何かの圧力（ストレス・プレッシャー）が強くなり、ついにはパニックに陥るようです。

また入院・社会復帰

朝出勤しようとしていたら、母と姉が来て無理やり精神科医の先生の所へ連れて行かれました。車の中で母に「入院は嫌だ」と哀願したのですが、入院先は熊本のＹ病院でした。44歳くらいの時です。今まで数回精神科に入院したのですが、結局、外科や内科と違って、精神科の場合は完全とまでは言わなくても、完治するような治療法や薬は世界中にも未だ存在しないのです。だから、母にも入院は強く拒否したのです。しかし、そのような希望は誰も受け入れてはくれません。まさに「まな板の上の鯉」なのです。

入院すると、精神科だからでしょう、職場の人が誰も面会に来てくれなかったのが寂しかったです。母は面会に来てくれましたが、外出許可も出なかったので、母に

「もう来なくてよい」と言ったら、本当に来なくなりました。妻だけが週に1回来てくれました。そして外出許可も取ってくれ、外で食事をしました。嬉しかったです。仕事柄、準公務員なので休職期間が2年くらいはあるだろうと高をくっていたら実際はたったの6ヶ月でした。半年で職場復帰できるわけはなく、辞めさせられました。

そして私は熊本市のY病院から地元のT病院へ移りました。毎日のようにデイケアに通いました。歩いて15分です。年をとったせいか病気はなかなか治らず、無気力な日が続き、病状は一進一退でした。ハローワークにも行きましたが埒が明かず、「玉名Kの家」に行きました、そうしたら、「K産業」という農業をされているところを紹介されました。2年間行きました。仕事がきつい割にはお金が安いので辞めました。

今思うにこのころ妻は文句ひとつも言わず、どんな気持ちで毎日を過ごしていたのだろうかと思います。ありがたいことです。

仕事のない時はFRさんと行動を共にしました。

FRさんは東大出のまだ若い方で、福祉に熱心な人でした。行動力を持ち合わせた、人柄の良い優秀な人なので、一緒にいるだけで楽しかったです。

回復者クラブ「虹の会」

この頃と前後してA保健所で当事者の回復者クラブ「虹の会」を立ち上げようとの動きがあり、私にも声がかかりました。確か平成8年（1996）だったと思います。

正式に立ち上がったのが平成9年（1997）でした。代表はUM君で、その下に役員が5人ほど決まり、会則も出来ました。

最初の具体的な目標は土・日に行くところがないので「玉名Kの家」に集まろうということになりました。会議をする時など私はよく司会をしました。

役員は副代表がKSさん、会計が女性のOKさん、そのほか私とTA君、OI君でした。また、この頃はあちこちに当事者のグループが出来、長崎のグループが玉名に来て交流会をしたり、またこちらから長崎のグループを訪ねて行きました。八代や宇城、天草にも出かけました。また、FRさんがよく顔を出してくださいました。

特に、NPO法人「Tの会」を立ち上げられて、チャリティ絵画展を催され、その売り上げの一部である約50万円を虹の会へ寄付してくださいました。今でも、そのお蔭で「虹の会」の財政は潤っています。ほんとうにありがたいことでした。

「虹の会」で活動をしていくなか、レンタカーの会社で洗車のアルバイトもしましたが、水垢が少しでも残っていると文句を言われ、とうとう辞めてくれと言われました。

そして造園の弟子にも行きました。すごく面倒見のよい親方でしたが、保健所に講演を頼まれた時に仕事を休みたいと言うと「なぜ休むのか」と聞かれました。答えられない私に親方は疑問に思われて師弟関係がおかしくなり、「実は障がい者です」と言ったら「だましていたな！」と怒らせてしまい、即辞めさせられました。

ホームヘルパーの仕事

「Tの会」でホームヘルパー2級資格の講座が開かれることになり、私は即申し込みました。そして無事資格を取ることができました。「Tの会」の中で私でも出来そうなC病院の患者さんの洗濯業務を担当しました。また、この頃J病院が生活支援センターを作られ、私と「虹の会」副代表のKSさんの2人が臨時職員として採用されました。

そして「虹の会」も生活支援センター「F」の中に事務局を置かせてもらいました。ありがたいことでした。J病院のM先生は「F」が当事者のたまり場になればいい、と言われていました。私は「F」の仕事と「Tの会」の仕事で忙しい毎日を送っていました。忙しすぎてまた病気が再発しました。洗濯業務を始めて丸4年が過ぎていました。

診察室で先生と「F」のセンター長から入院を勧められ、私は病気の等級を2級にしてもらうのと、退院後の職場復帰を条件に任意入院をしました。

第7章　整体との出合い

懸命に整体施術を学ぶ

私は18歳で発病してから55歳まで入退院の繰り返しでした。10回以上入院し5回の保護室も経験しました。

48歳の時のこと、またまた病気が再発して病院に入院しました。ところが、その入院がきっかけとなり、近くに住む姉が、和水町で整体をされている「Y館」の館長である、ＩＴ先生の評判を耳にし、私の病気を何とか治してもらおうと、入院中にもかかわらず、私の外出許可を取って、ＩＴ先生の所へ連れていってくれました。そこで整体の施術を受けました。

その帰り道、些細なことで喧嘩となり、私は姉の車から逃げ出しました。そして、私をかくまってくれるところを探しましたが、どこでも断られました。仕方なく公衆電話の近くをウロウロしているところを、姉から連絡を受けたＩＴ先生に捕まってしまいました。

無理やり姉の車に乗せられ、今度はＩＴ先生の運転で入院中の病院へ連れて行かれました。病院の職員に引き渡された私は、院内でわめき散らし、結局、保護室という中から絶対に開けられない独房に入れられました。

それでも、数ヶ月後、無事退院した私はその時の無礼のお詫びと退院の報告を兼ねて、ＩＴ先生を訪ねました。先生は私の話を聞いた後、「どうだい、森ちゃん整体を覚える気はないか？　君さえ、よかったら、教えてあげるよ」とおっしゃいました。自分を一人前扱いしてくれたと感じた私はその言い方が嬉しく、二つ返事で「ハイお願いします」と即答したのでした。

先生の所へ毎日のように通いました。

そして、5ヶ月後には無事、認定証をいただき、晴れて、お客様を揉める資格者となりました。

整体師として働き始める

そして、ある施設で働きましたが1年目はほとんどお客様を揉む機会はありませんでした。2年目も兄弟子に厳しく指導される日々が続くだけで収入には至りません。3年目は先輩に利用されるだけでした。収入もほんの少しで、しまいには「もう来るな」と言われ、自分から身を引きました。

4年目、57歳の時、職場を失った私は仕事場を自分で一から探しました。ところが、新天地はおもいがけず、すぐ見つかりました。M温泉というところで、ちょうど整体師を探しておられたのです。まさに「天の配剤」でした。

それからさらに4年後、売り上げが落ち込んできた時、今度はR法人の会長さんから「障がい者で整体の出来る人を探しているオーナーがおられるが、どうだい？」との声がかかり、玉名の老人ホームに移りました。ありがたいことでした。そして、今ではその老人ホームも退職し、自宅で独立して整体を行っています。

独立開業

「整体ついじの森」という看板を立て、独立開業しました。60分2000円と、とてもお安いです！

精神障がい者であっても出来る仕事があるのではないかと思っています。家の中で閉じこもっているより、何でもいいから前向きに、自分の出来ることを探して、それを実行に移す。それを繰り返すことにより、徐々に体調も良くなってくると思います。

いろいろな仕事に挑戦するのもいいでしょう。しかし、自分に合った仕事でないと長続きしないものだと、今まさに私は気づきました。

というのも私の反省として、常にナンバーワンを目指した（優越感に浸った）ことが自分をいじめることとなって、何度も発病したのではないかと思っています。今後はオンリーワン、自分が一番気持ちのいいことで、ボチボチいきたいと思います。

このような状況へと、私を導いてくださった人達、ＩＴ先生、姉、それに妻に感謝しています。

第8章　感謝

「家庭Rの会」との出会い

平成19年（2007）10月、58歳になった私は知り合いの保険屋さんから、「朝5時に倫理の勉強をしているので一度顔を出してみたら！」と言われ、何気なく聞いていました。また、入院中に「職場の教養」という小冊子を読んでいたので興味がありました。

ある朝早起きした時、近くの公民館で行われている「おはようR塾」へ参加しました。すごく歓迎していただき、病みつきになりました。どんなことをしているか？といいますと、次に記す「万人幸福の栞」十七か条を斉唱します。

一　今日は最良の一日、今は無二の好機

二　苦難は幸福の門
三　運命は自ら招き、境遇は自ら造る
四　人は鏡、万象は、わが師
五　夫婦は一対の反射鏡
六　子は、親の心を実演する名優である
七　肉体は精神の象徴、病気は生活の赤信号
八　明朗は健康の父、愛和は幸福の母
九　約束を違えれば、己の幸を捨て、人の福を奪う
十　働きは最上の喜び
十一　物はこれを活かす人に集まる
十二　得るは捨つるにあり
十三　本を忘れず、末を乱さず
十四　希望は心の太陽である
十五　信ずればなり、憂えれば崩れる
十六　己を尊び人に及ぼす
十七　人生は神の演劇、その主役は己自身である

その後、集まったみんながそれぞれ、5分間ほどずつスピーチをする。そして実践の決意といって、皆で「今日一日、朗らかに安らかに、喜んで働きます」と唱和して終わります。

私にとって、スピーチは皆に心の内を聞いてもらえるのが嬉しいのです。それと同時に、ストレス解消、気持ちの整理にもつながっています。この集まりは宗教ではないです。無理強いはしませんが、お勧めいたします。私の心の支えになっています。

平成29年9月9日（記）

妻に感謝（妻の長所）

一、綺麗好きなところ
二、裏表がないところ
三、仕事がさばけるところ
四、足が長いところ
五、腹黒くないところ
六、あとくされがないところ
七、顔にシミがないところ

八、陽気なところ
九、車の運転がうまいところ
十、いざという時は俺の言うことを聞いてくれるところ
十一、頭が切れるところ
十二、単純なところ
十三、あっさりしているところ
十四、注文すると俺の好きな料理を作ってくれるところ
十五、髪が多いところ
十六、料理を一所懸命作ってくれるところ
十七、几帳面なところ
十八、まめなところ
十九、犬をかわいがるところ
二十、清潔好きなところ
二十一、体調を崩すと弱気になるところ
二十二、俺の指定する時間までに夕食を作ってくれるところ
二十三、お金の管理上手なところ

29年9月27日（記）

二十四、物を大切にするところ
二十五、理想が低いところ
二十六、イケメンが好きなところ
二十七、花が好きなところ
二十八、映画のアクションものが好きなところ
二十九、不言実行なところ
三十、　自立心が強いところ
三十一、甘いものが好きなところ
三十二、お酒が全く飲めないところ
三十三、手際が良いところ

平成29年10月13日（記）

妻に感謝（銀婚式を前にして）

妻は、（私の10年ぶりの任意入院に）3日おきくらいには面会に来てくれ、着替えだけは持ってきてくれる「思いやりが出てきた」、格段の進歩である。

結婚して24年、来年の3月29日には晴れて銀婚式だ。感謝状とプレゼントの品を用意しようと思っている。

本当に長い間苦労の掛けっぱなし、よく別れなかったものだ。妻と結婚して良かったと、今はつくづく思う。先日の面会では久し振りに今後のことなど話し合えて良かった。ありがたく、嬉しかった。

40歳過ぎて紹介所で知り合っただけの縁、大切に育ててきて良かった。彼女のお蔭で、家も購入する決心が出来て良かった。

妻は掃除洗濯が大好きで、整理整頓は天下一品である。

妻にしてやれたことは、家を買ってあげたこと、オーストラリア、スペイン等、一人海外旅行に行かせてあげたことぐらいである。

障がいを持つ後輩にも結婚を勧めたい。

妻は私と違って仕事がさばけ、頭が切れる。どんくさい私とは対照的だ。情けの深いのは私の方だ（?）。しかし、根っこはつながっている。似た者同士のところがあるので続いているのだろう。!!

老後は二人で力を合わせて、しあわせで地味な生活をしたい。

妻に楽させてやりたい!!　お返ししたい!!

今まで他人のために生きてきたので、残りの人生は自分のペースで自分のため生きていきたい。

ほそぼそでよいので、整体の道を独立してやっていこう……!!

趣味を生かしながら友人・知人を大切にしながら……!!

妻に感謝している。「ありがとう!!」

絆

霊柩車のひつぎの母に付き添えば緊張とけて涙あふれる
先人の命がけでの戦いを涙して観る『永遠の0』
仙台の被災地訪ね慰霊碑に幼き命思いて祈る
テント張りラーメン炊き出し手伝えば共に和みて寒さ吹きとぶ
病む妻に代わりて作るチャーハンは二人の仲をさらに良くしぬ
障がいを持つ身のつらさ思わずに楽しき事を探して行こう
寝る前に日記に向かい反省し今日一日を感謝で終える
毎日の良かった事をふり返り日記で明日の目標立てる

精神を病みし経験共有の仲間と語る明日への希望

仲間との井戸端会議楽しめば塩辛トンボの近寄りてくる

日本の未来

講演の櫻井よし子氏ズバズバと日本の未来あるべき姿

講演の話を聴きて日本の未来を案ずしっかりせねば

整理整頓

今月は整理整頓目標に誓いも新(あらた)捨てる実践

人生の整理整頓始めんと書くも安心エンディングノート

夢

先輩と話がはずみ夢ひらく地域振興福祉農園

仲間との夢がふくらむ話し合いピアサポートにグループホーム

第9章　入院日記

10年ぶりに任意入院

平成28年（2016）9月17日早朝、今、地元の精神病院に入院静養している。前回入院・退院後10年、サラリーマン4年目の時である。いろいろなことに行き詰まって、にっちもさっちも行かなくなり、周りの人が4人が4人とも入院を勧めた。それに、虹の会で使用していたパソコンが壊れたこともあり、それをきっかけに、虹の会の活動自体に気力をなくし、自信を失ったようだ。

親しい友に「もう、会長職をUT氏に引き継ぐべきだ。そして、仕事も辞めたら…」と言われた。

自分自身も67歳になるし、妻も「入院したら」と言うので、8月26日（金）決心し、T病院へ「入院させてください」と自分で電話した。「明日からお願いします」と言って、電話を妻に代わった。

「何時に行けばいいですか?」「では、明日土曜の朝10時に主人と伺います。よろしくお願いします」との妻の声を聞く。私としては、「とうとう、また入院か…」と気が重かった。


仕事の面でも熊本地震を機に、Sさんという整体の同僚が休んで来なくなり、いつも二人でやっていた仕事を一人でこなさなければいけなくなって、しんどかった。もともとSさんとは、肌が合わず随分苦しめられていた。職場の他の人は良い人が多かったが、私の性格がサラリーマンに向かないことを3年以上思い続けていた。

給料の面では、職場（A型就労）では一番高給取りなので満足していた。しかし、お陰様で、仕事も虹の会も、良き優秀な後輩が出てきたので、これを機に「迷惑をかけるのを覚悟」で、仕事も虹の会から逃げるような気持ちで、精神的にはうつ状態、無気力感的な、いわゆる生きる力が失われたようになった。そうなると、前にも入院した時と同様に、（10年目にして）任意入院を決断したのだった。

そして、今回入院して、良かった点は、
①1週間もしたら、生命力が湧いてくるのがはっきり分かった。
②今後のことをしっかりと考える余裕が出てきた。（今後の計画の具体化）
③これはオマケだが、『オセロ』ゲームが上達？した。

悪い点は、やはり入院生活は、窮屈で退屈で寂しいもの。一番の問題は、妻が「家政婦代わりにこき使われる！」と言って、なかなか電話にも出てくれないことだ。以後のページに、そういった入院の日々をノートに『日記』として綴ってみる。

入院日記

夢はハートフル会館「レインボー」建設…

8／27（土）入院。

9／2（金）今、午前2時15分。今夜は目が覚めたのが1時45分でした。貴女が思っているのは何も言ってくれないと…この夫は…そういうことでしょうか？　妻としては心の内を打ち明けてほしいのでしょうが、俺は自己主張が苦手な男と解ってくれとしか言えないのです。

今日は昼間カラオケがありました。聞いているだけで歌いませんでした。次回は「二人酒」か「二人草」を歌うつもりです。看護部長が言うには1ヶ月入院の予定とのこと、サインしました。貴女も知っているとのこと。少しホッとしました。夕方、Sちゃんが面会に来てくれました。饅頭を差し入れしてくれました。

先日、また地震がありました。すぐ電話すべきでしたゴメン！　大丈夫でしたか？キクも元気ですか？　面倒かけます。

俺も1ヶ月後の退院に向けて今はゆっくり休みます。苦労かけます。返事待つ！

9／3（土）妻が面会に来てくれた。シーツ等。オセロをMA君に教わっている。序盤の大切さを理解してきた。面白い。今2時55分、今夜は午前2時45分に目が覚めた。

明朝7時30分にはUT氏に全面的に今後のことは頼む、俺の入院は1ヶ月間の予定と告げること！　また、YY氏に入院期間は1ヶ月間の予定とメールすべし。

俺も毎日をゆっくりオセロでもしながら休養する。妻に反応があったので一安心した。少しずつ「ゆっくり」した気持ちになりつつある。
明日は日曜日、台風が来る。雨風心配。
夢はハート・フル会館「レインボー」。
精神、身体、知的の3種の障がい者の利用する会館を建てる。例えば久留米の会館。

MA君のふしぎな世界…

9／4（日）くるしい！　オセロをしたくてたまらない。MA君は休養日。新たに11号室のUD君が出来るというので初めてやった。負けてしまった、おしいところで。やはり勝たねばいけない。まだあまい！

今夜は11時45分に目が覚め、12時00分職員さんに「眠れないのですか?」と問われた。「ハイ」とだけ言った。深夜の職員さんは（今日）最初、朝一番に来てくれた感じの良い人でした。「話を聞いてほしい」と言ったら、「昼間に！」と言われる。今、1時半、職員二人共仮眠中。昨日はとうとう妻が電話に出てくれなかった。それで心配で眠れないのである。

オセロのMAさんに相談した。「初めての人が相手も自分より格下と解った場合、わざと手をゆるめたが、そういうときはどうしたら良いか…」と問う。MAさんは「親しくなってから心の内を打ち明けたら良いのでは！」と簡単に答えてくれた。さすが「スゴイ」の一言。

「若い時は女遊びが一番大切である！」

昼にSちゃんから電話有り、外部からの初めての電話で、誰だろうと思った。Sちゃんは親友に値する！　彼は今もよく飲みに行っている。俺の良き理解者だ。元番長。明朝、TOにTELしよう。

MA君のふしぎな世界、コーヒーを頂く。午前5時～5時20分。

外出決意…

9／5（月）23時30分、目が覚める。昨日はやっと電話に出てくれた。しかし、面会には来ず、良かったのは外出を決意したこと。是非16時30分～21時で、安否確認が目的（妻と犬）。することは犬の散歩、シャワー、夕食、妻との話し合い、入浴。

今日も、オセロをして過ごす。3勝1敗。負けた相手はTTさん。彼は覚え始めたばかり、スジが良い。すごく苦労したのだろう。

持って帰る物　目覚まし時計、電池、懐中電灯、お茶、お菓子、メモ用紙。

持って行く物　よごれ物、お金（五千円）ケイタイ、KEY、タバコ。

面会者　IM君　五百円で遣いに出す。お茶とお菓子を買ってきてもらう。

OP　今日もぬり絵をした。初めて仕上げた。MA君に見てもらう。

（感想）朝顔の色が病的、「むらさき」でなく「赤むらさき」にすべきだったとのこと。ズボシである！

電話　Sちゃんへ「みたらし団子」を持ってこいと言う。と、「思い切って、3ヶ月位入院したら!?」とのこと。

皆それぞれ、しっかり自主管理している。生活能力有り。

明日の予定　自由（オセロ）、スポーツ（ビーチ）、16時30分外出（21時まで）。

確認事項　マイナンバーカード、勤務実績提出（8月分）、ケイタイ、バックアップ、300万円。

外出　曜日は、土曜日が良いのではないか？

オセロの相手　OTの職員さんともしてみたい。
3時～5時　横になって少しウトウトした。少し慣れてきたようだ。

初めての外出…

9／6（火）午前1時30分、目が覚める。

今日は初めての外出。何はともあれ、妻と犬の安否確認が出来て良かった。買い物、犬の散歩、草枕温泉へのドライブ、昼食（紀州梅・冷しうどん）をとる。次回は仔馬にて焼肉定食としよう！

13時19分、T病院に向かう。13時35分TEL、午後のスポーツ（ビーチ）に参加する旨伝える。妻が最初から最後まで付き合ってくれ、心から感謝する。次の外出は13日（火）10時～16時。

午後のスポーツ（ビーチ）初デビュー。マァマァの出来、思いっ切りアタックしてみたかった！　それでもチームが1勝1敗、良かった。

オセロ　2勝2敗、負けた、MAさんに連敗。さすが俺の師。

明日の予定　午前、オセロ、菜園。午後、入浴。

妻に、葉書書く…

9／7（水）午前2時30分、目が覚める。今日良かったのは、最愛の妻に葉書を書いたこと。ＭＡ君から官製葉書２枚頂く。ありがたい！

午前　回診。院長先生を筆頭に10名ほどの主なスタッフ全員ゾロゾロと。入院時より表情が柔らいだとのこと。

午後　入浴。30分以上も始まるのが遅れ、俺達10号室は最後だったため、終了したときは15時30分だった。

オセロ　２勝３敗。今日はＯＴスタッフのＪＩさんと対戦。最後の一手を誤って２目差で負ける。どちらか迷ったら、自分の陣に近い方に打つのが定石である。ＭＡさんいわく、負けた方がためになり。その経験が実力アップにつながるとのこと。その通りであり、今日は負けて良かった。

9月17日（土）の外出届けを出す。妻電話つながらず。

明日は、午前　自由（オセロ）、午後　創作（ぬり絵）。

ＭＡさんが私の顔をかいてくれたのを明朝コピー後４枚ほど。

独立したい…

9／8（木）1時50分、目が覚める。今日から将来のことを考え始めた。仕事（勤務）は11月いっぱい位で辞める。そして細々ながら独立をしたい。サラリーマンは向かない俺の性格からして。

虹の会も今後の事はUT氏に全面的に任せる。少なくとも来年度は正式にバトンタッチしたい。

上記（右記）のような結論。従って9月26日（月）退院したい！

そして5日程セールスに通い、10月1日（土）より出勤したい。

この旨まずはHIさんに相談の事。その上でO氏へ話し、院長の意見を聞くこととする。

妻に相談（葉書）

オセロ　2勝2敗　JIさんに今日、コテンパンに返り討ち、2連敗。TTさんにも負ける。NAさんは格下である。

OT　午後「ぬり絵」　2枚目も仕上げた。1枚目は赤っぽくし、2枚目はとにかく時間内に書き上げることに心掛けた結果、割と良く出来た。

退院したら世話になったTTさんとMAさんにプレゼントしたい。カラオケセット1万円、MAさんには高級ボールペン1万円ぐらい…。

冷静に時を待て…

9／9（金）午前2時、目が覚める。今日は妻が電話に出てくれなかったので頭に血が上った。俺には目標が見つかると一直線につっ走る所がある。アセルナ！　冷静に時を待て。

HI相談師に、9月26日（月）を退院目標にするよう言われる。俺とした事が9月25日（日）は病院は休み、周りが見えていない。

妻に早く9月26日（月）退院の相談をしたい。次回の面会時から必ず日記帳に目を通してもらおう。今日面会時に一言言うべきだった。

オセロ　初めてJIさんに勝たせてもらった。1勝2敗である。

TTさんが付き合ってくれるので助かっている。今のところ2目ハンディを付けると良い勝負になる。

ＷＡさんにＴＥＬしたところ「明朝にしろ！」との事。

ＯＭさんよりＴＥＬ有り。引き受ける（カレーセットのこと）どうしたら良いか妻と相談し、返事くれとの事。

今度帰宅時に、免許証とマイナンバーカードをＡ４にそれぞれコピーし、申込用紙と一緒に保険会社に発送すべし。そうしないと60万円もらえないかも。60万円は住宅ローン代にあてて、早く姉への借金帳消しに！

ＴＯにＴＥＬしたがつながらず、ＥＫにＴＥＬする。そしてＴＯに伝えてもらうことにした。まだ連絡なし。

妻にハガキ２枚共、今日中に着いているよう祈る。

明日の予定、午前・映画、午後・自由ぬり絵（↓色鉛筆24色ナフコ１５００円位）・オセロ。明日は妻が必ず来るのを信じよう!!　メモ渡す事。

妻は何を思っているのか？　知りたい！

夫婦関係…

9／10（土）4時30分、目が覚める。熟睡したわけではないが体調的には楽になった。妻のことを考えると頭が痛い。相手も同じ思いか。夫婦関係、続けることが大事であると思う！

今日は1病棟の職員さんがオセロの相手をしてくれた。ありがたかった。強かった。1勝1敗。名前を聞いておけば良かった。またお願いしよう！　JIさん「今日は出来ない」と言っていた。

退屈なので、ぬり絵をした。Oさんにお願いしたら、OTのJIさんが道具も一式貸してくれた。

オセロ　TTさんが何回も付き合ってくれた。1目ハンディ付けなく、五分五分勝負。どんどん強くなっている。

妻はとうとう面会にも来ず、電話には出ない。

明日の予定　オセロ、ぬり絵、1日通して…。

ゆっくりしときなっせ…

9／11（日）目が覚めたら、恵みの雨、吉と読む。ぬり絵とオセロ、それに今日は日曜日、入浴有り。

ＩＭ君に面会に来てもらい、妻宛のメモを渡し、ドアに（玄関の）貼ってもらう。小遣いやれないのがつらかった。

着替え、Ｔシャツとくつ下なくなり、ＴＴさんよりくつ下分けてもらう1足。くつ下5足（３０００円）と、上ばきは早急に買うこと。

今日はＫＩオーナーの奥様より見舞いのＴＥＬ有り、近い将来仕事辞めたい旨伝える。「退院された後、直接オーナーを交えて3人で話し合いましょう」とのこと。

今日も妻と連絡取れず。ＷＡさんに相談したところ、「姉か妹さんにＴＥＬすべし」とアドバイス。妹にＴＥＬする。「入院したこと姉には言うな！」「解った。ゆっくり養生して！」とのこと。3人が3人共あせるなと言う。俺も解っている。

ＫＵ君よりＴＥＬ有り。「今回は同級会（高校）参加できない。（入院）」と告げる。「何の病気？」「いつもの精神科だ!!」と伝える。

UMにTELする。「明日お菓子を持って見舞いに来る」と言う。インスタントコーヒーとシロップをついでに買って来てくれるよう頼む。

IM君「明日は担当者と銀行へ行くので来るのは遅くなる（午後の予定）」と言う。小遣い500円用意しておくこと。

「虹の会は後を任せる！」とUT氏に告げたら、「考えず、ゆっくりしときなっせ！」と言う。「さすが！」。13日の計画（1万円）を立てる。楽しみだ。ただし三りんぼうなので気をつける事。特に妻の気を損ねないよう早めに計画打ち明けること。

妻が面会に来る…

9／12（月）妻が来てくれた。ありがたい！　何よりのはげみになる。退院希望日を9月26日（月）から9月28日（水）に変更。それからOさん「虹の会は続けたら!!」考え直す必要ありや。

13日の計画変更。卓球は止めた。そんな事してる位なら早く帰ってスポーツ（ビーチ）に参加すべし。

Sちゃん連絡取れず。MUさんいわく、「彼女とうまくいかなくなり、落ち込んだらしい！」心配だ。

オセロ　ＩＳさんと初めて打つ。負けた。まだまだ経験不足だ。良い勉強になった。

ＪＩさんには勝って、２勝２敗。

明日の予定　外出、三りんぼうなので気をつけるべし。特に妻に早目に９月28日（水）にしたことなど、心の内に思っている事を口に出すこと。計画通りに行くよう祈る！　雨の予報（ＴＴさんに傘を借りた。ありがたい！）。

９月15日（木）の虹の会の確認。ＵＴ氏へ。

妻と外出…

９／13（火）、９月28日（水）に退院決定。しかし、よく考えると不眠なのに果たしてうまく行くだろうか？　ここはよく考えないと又入院となる可能性大である。取りあえず、一ヶ月延ばす、眠れるようになるまで、それが得策では、院長に迷惑かけるが!?

外出した。計画通りうまく行った。今回も妻は最後まで付き合ってくれた。感謝!!

Ｓちゃんはやはり「心の医療センター」に入院した。

スポーツに参加。ビーチバレーではなく卓球だった。1回戦でMA君に完敗。ラージボールだったので慣れていない。40ミリ球だったら勝っていただろう！

TO氏面会に来てくれ、見舞金として、EK氏の分も含め、6000円頂く。事務所に預ける。

おはぎが「おいしかった！」コロコロの指圧器は使い心地がよい。みんな「気持ちいい！」とのこと、買って正解。

24色の色鉛筆はまだ未使用「ぬり絵」が楽しみだ！

明日は（午前）菜園、（午後）入浴、（オセロ、ぬり絵）

不眠の薬…

9／14（水）UT氏へTELした。彼には負ける。結果的になやみ増してしまった。

入院生活そのものは慣れてきて一人過ごすのには「ぬり絵」。今は出来るだけJI

さんやＩＳさん等、オセロの強い相手と経験をふむことだ。他にも強いスタッフがおり、日勤の人に朝の内から「オセロの相手をお願いします！」とハッキリ申し込んでおくこと！

午前、カラオケで「ふたり酒」を歌った。65点だった。次は「なにわ恋しぐれ」を歌おう。

午後は、入浴。ＩＭ君、面会に来てくれた。お菓子とコーヒーを与え、喜んでもらい良かった。早目に帰す。

後は、オセロをＴＴさんとやって、２目ハンディだと負ける。１目にすると勝った。昼休み時間、ＴＴさんとＮＡさん対戦。ＴＴさんが勝ちデビュー戦をかざった。

不眠の薬に安定剤を院長が出してくれた。いくらか効いて、目覚めたのは午前６時30分。夕べ寝たのは午後９時だったので、マァマァだ。

妻は待てども来ない。今は17日外出の計画をめんみつに立てるべし。歩くつもりだ。犬の散歩、買い物（傘、お菓子、お茶）。行き先・スーパー、ディスカウントストア。昼食・牛丼屋、予算5000円。
玄関のKEYを手に入れれば、ポットと花札、ラケット…。

退院の件…

9／15（木） 目が覚めたのは、2時30分だが、9時から熟睡できて体力的にも楽だ。昨日、今日と不眠解消できてきた。次長にも言ったところ、「1週間様子を見て調子が良ければ、9月28日（水）退院。まだ不眠続くようであれば退院延期すれば！」とのこと、ありがたい！ 9月20日は勝負の決断だ。とにかく1週間様子を見よう!! 院長にもその辺の事情は話してあるとのこと。いたれりつくせりだ。

（仕事） YY氏面会有り。彼と話し合って、俺も仕事を年内に辞める気を強くした。YY氏も早目に手を引き、今後は看護師一本でやっていくと言う。別れ際に互いに握手。親友になれそうだ。正に天の配剤。

（虹の会） 虹の会役員会が有り、MIさんより報告受ける。
UT氏が言うには、「役員と会員を増やしてもらえば会長を引き受ける！」とのこと。虹の会の方向性見えてきた。まず、チラシ（おさそい文）を手に入れ、TT氏もあたってみよう。TOさんへ依頼してみよう。


家庭RのNKさんとMKさんの面会有り。

たまきな支部メンバー5名の見舞金（1万5千円）頂く。ありがたい。

「このまま不眠解消につながり」28日退院を祈る!!

半生記を作ろう…

9/16（金）今夜も目覚めたのは、午前2時だが、グッスリ熟睡できて体力的にも楽である。この分だと28日には退院できそうだ。不眠解消が続きますようにと祈る！ただ、出勤は延ばした方が良さそう。世間は1ヶ月間で簡単に治るものではないとの偏見有り。

UT氏やHK氏の応対で、つくづくそれを感じている。

この際つらいが、退院は10月21日（金）まで延ばすのが得策かも…。

むずかしいところだ。UT氏に無理言って私の半生記の目次でも仕上げていこう！

私の半生記、良い物にしよう!!

妻、面会に来てくれる。ありがたい。明日（9／17土）の外出にも付き合ってくれると言う。又、今回は今後の事など良く話し合いが出来て良かった。

姉へＴＥＬ「しんぼうしなさい。面会には行かない！」とのこと。これで俺達夫婦の絆も深まるだろう。

何はともあれ、明日の外出が楽しみだ。その分ミりんぼうなので、充分注意せねば。

オセロ　ＪＩさんにまた負ける。互角になるまで入院続けるか!?

明日の外出計画ねり直そう!!

半生記（目次など）データ入力依頼…

9／17（土）今夜も午前2時30分～3時まで熟睡できて良かった。職員のYAさんが「薬をもっと遅く飲んだ方が眠れて良いのでは？」と気を利かせてくれた。ありがたい。良い人だ。

今日の外出、ほぼ予定通りいって満足している!!

予定と違ったのは、車でなく自転車で病院まで引き返した事。しかも自転車に空気が入っていなかったので、N商会経由で行く。急いだ急いだ。汗だくになって、やっとカラオケに間に合った。「浪波（なにわ）恋しぐれ」を職員のUAさんとデュエットする。いまいちだったがデュエットできて、UAさんに感謝だ。頼んでくれたKAさんにも。

（外出・予定と違った）もう一つは、昼食を牛丼屋ではなく、洋食店Mの「おすすめセット」にしたことだ。なぜなら、妻が「Mの1000円セットが食べたい！」と言ったからだ。コーヒー（ホット）がさすがに香りが良くてすごくおいしかった。妻のお陰だ。ありがたい。

従って、最後の買い物する時点で８１０円しか残っていなくて結局５０００円から残ったのは１００円位だった。一番良かったのはディスカウントストアＤ２階で、前から欲しかったハンティング帽子が１７０６円と安く、気に入ったのが手に入ったことだ!!　その後『百均』で傘や来年のカレンダーも買えて良かった。

ＵＴ氏の面会有り。食料の差し入れ有り。また原稿（最終章、目次）のデータ入力を快く引き受けてくれた。

（次回外出）21日の計画を立て始める。妻が「12時30分からしかダメなので、昼食食べてから来たら、そしたら墓参りにも付き合うし…」と言ってくれた。妻の思いが吹っ切れたのか？　素直で協力的だった！「21日（午後）は、ＴＴさん達と入浴（福祉センター）だ!!」と妻に一言。

オセロ　久し振りにＪＩさんに勝たせてもらった、嬉しかった。Ｏさんも０Ｋ言ってくれたがタイミングずれた。呼び出してもらおう次回は!!　楽しみだ。

この調子で不眠解消できれば、28日退院だ。20日に決断しよう!!

自費出版（自分史）の見通し…

9／18（日）今、午前4時、今夜も熟睡できて良かった。身体は大部楽になってきた。

午前、ＩＭ君面会に来てくれる。ありがたい。「今日は何もおもてなしできないから来なくていい」と俺が言っていたにもかかわらず。昨日のお菓子とお茶が残っていたので、出してやると喜んでいた。

その後また、面会とのこと。誰かと思えば、職場の同僚であるＹＹ氏であった。彼から、「森さんはもう『Ａ』には戻って来られませんよ！」とオーナー達に言っておいたので、「心変わりしないで下さいよ！」と釘を刺される。

（今後の方針）俺も年内には辞める決心を強くする。それどころか28日の退院を延ばし、2～3ヶ月入院してユックリするのが一番得策だろうと思い始めた。入院生活にもせっかく慣れてきたし、もっとオセロが職員さん達と対等になるまで居よう。そして、自費出版の本が具体的に見通しが付くまで！

今日もお菓子がなくなり、妹やKMさんに頼んでみたが、冷たい返事だった。「兄弟は他人の始まり」とは良く言ったものだ。

オセロ　職員のMAさんと午後3時、打つ。結果は逆転されて負けた。最後の二つに一つの時はもっと熟慮すべし!!　今日もTTさんがよく付き合ってくれた。今後は（オセロ記録を）ノートに記すようにしよう。対戦相手・勝敗・日付・時間を。

明日の予定。オセロと花札。3時頃、WM氏面会の予定。また、MA氏にオセロ挑戦。グラウンドでソフトボール？

※退院は取りあえず、10月15日（土）まで延ばし、出来ればオセロと自費出版の見通しが付くまで居たい!!〔9月21日（水）妻に相談〕

持つべきものは友達…

9／19（月）祝日・敬老の日である。11時と12時半に目覚め、1時過ぎ起きたので、まだ眠くてたまらない。今日は眠たいのと、オセロ、花札で一日通してやった。10勝5敗1分けである。不調になっているので〜〜〜〜、退院は10月15日（土）か10月21日（金）にしようと思っている。

（面会）午後1時頃、KY君が急いで来てくれる。ありがたい。持つべきは友達だ。電話で前もって「何が欲しいですか？」と言ってくれたので「食べ物！　急いで来てくれ！」と言う。買い物して1時間後には友達を連れて来てくれた。（彼が）「飲み物は？」と言うので、「日本茶」と言うと、友達にサイフを渡してすぐ玄関の自動販売機で買って来てくれた。彼が「どんなことしているのか？」と質問するので、私は、「オセロに夢中」と言うと、（彼は）「友達が上手なので、相手させます！」と言う。やってみると、五分五分、やっと勝った。いたれりつくせりだ。今後、KY君を大切にしよう!!

WMさんも来てくれた。

（電話）KMさんとURさんとKAさんには電話しておいた。また、NTさんにHY氏の件を一任しておいた。

（オセロ）成績表を付け始めたので益々励みになり、面白みが増してきた。職員のMAさんとは時間切れ、2時半過ぎたら、他の方から直接声掛けるよう心掛けること！

（花札）調子が良く、TTさんと五分五分だった。息抜きにちょうど良い。HAさん（8号室）が「オセロしましょう！」と言って来てくれた。ありがたい。明日は〔午後〕のスポーツが楽しみだ。〔午前〕はオセロと花札。

※まだ、まだ、落ち着いてゆっくりすべし！！

卓球がしたかった…

9／20（火）今日は（昨夜）9時半〜2時半までぐっすり眠れて快調だ。早朝はオセロをして朝食までの時間をつぶす。それから、午前中は「ぬり絵」をして過ごす。電車の絵を1枚仕上げ初めて面会室に貼らせてもらった。

午後はスポーツの予定だったがグランドに出たら雨が降りだしたため、OT棟内で映画鑑賞となった。俺は卓球をしたかった。

昼休み時間は、ハンディ付きでＮＡさんとＨＡさんとオセロを楽しんだ。

デイケア棟で卓球をしたかったが、「迷惑がかかるから…」と、ＫＵ次長とＯさんに断られた。腑に落ちない!! デイケアの責任者にＴＥＬしてＫＥＹを借りれば済むことだ。どんな迷惑がかかるというのだ。デイケア生も「良いのでは…」と言っていた。

「生きがい」づくりと「健康増進」のため盛んに生涯スポーツの大切さが叫ばれている現在、大いに卓球を推進すべきである。特に個人スポーツの卓球はどこの施設でも台を置いてあり、雨に左右されることもなく安く簡単に手軽に出来るものなので、お年寄りにも最も向いているスポーツだ。映画に「温泉卓球」もあった位、子供からお年寄りまで、手軽に一生続けられるスポーツで、パラリンピックには車いす卓球がある位である。スタッフの皆さんと院長先生で再検討してもらいたい。「Ｏさん、ＫＵ次長、よろしくお願い申し上げます!!」

今日のスポーツは映画だったので参加せず、職員のＭＡさんとオセロを大いに楽しんだ。残念ながら、おしいところで一手間違えて（後半の熟慮）負けてしまった。Ｊ

Ｉさんにもまた負けた。中盤の一手違い。中盤をもっと考えて行うべし。「相手の駒より二つ開けてはいけない。一つ開けて打つべし！」

今日はお菓子が手に入ったので、お茶が出てきて良かった。持つべきは友達だ。選ぶべし！

退院を延ばす旨、妻に了解を得てOさんと院長に告げておいた。

明日は、昼から外出。「妻とお墓参り」だ。楽しみだ！

友のお墓参り…

９／21（水）今日は彼岸の中日。午後からの外出は非常に楽しいものであった。妻の態度が素直で協力的であったからだ。又、外出の目的である「お墓参り」が森家とＫＳ家の両方出来たこと！

特に親友だったＫＳさんの方はご無沙汰していたので久し振りにお参りできて本当に良かった。彼の方の納骨堂は鍵がかかったままだったので近くの家で尋ねて、「森と申しますが、納骨堂の鍵はどこにあるか教えていただけますか?」と言うと、親切に案内してくださった。「どちらの森さんですか?」と問われたので、「ＫＳさんの友達です」と言うと、「彼のお兄さんもＹ医療センターへ一昨日入院されましたよ!」と教えてもらった。ＫＳさんは「飲んべえ」だったので酒１合を添えてお参りし、三加和の大田黒を後にした。

その後、スーパーで買い物。店内に貼ってある広告を前もって調べて安売りのお菓子とコーヒースティックを手に入れた。ひとつ賢くなった。約千円也。

後で、「お茶を買うのを忘れた!!」と運転している妻に告げたら、即Ｕターンして、ドラッグストアへ回ってくれて、ありがたかった。

最後は時間に余裕があったので「犬の散歩」に行く。キク（愛犬）は最近弱っていて、途中でへたり込んで動こうとしなかった。次の外出時に医者に見せよう!!

友人のＫＹがまた面会に、「差し入れ」まで持って来てくれ、ありがたかった。彼とのんびりオセロを楽しんだ。面会室でお茶しながら小１時間で「家の手伝いがあるから…」と帰っていった。彼のお母さんはまだ元気とのこと。孝行息子で好中年だ!!

何か力になろうと思う。

話は変わるが、Ｓちゃんには５０００円送っておいた。現金封筒で、手数料６５０円程掛かった。

明日は祝日。のんびり、オセロや読書をしよう!!

※妻は退院を半月延ばすことに同意してくれた。

ソフトボールを楽しむ。新しい友人…

９／22（木）秋分の日　今日は午前中、小雨の降る中、仲間とソフトボールをして楽しく遊べて大変良かった。メンバーはＴＴさん、ＳＡさん、ＴＮさんであった。まずはキャッチボールをして、それからバッティングをした。４人の中ではＴＴさんが一番上手だった。途中からＹＯさんが加わってくれた。彼はスポーツ万能でバッティングでもホームラン性の当たりが多かった。又、ＨＫさんも出てきてバッティングに加わった。

終わろうとしていた11時近く、「森さん、面会ですよ！」の呼び出し有り。誰かと思えば、同僚のＹＹ氏であった。又来てくれた。ありがたいことだ。２Ｌ（ペットボトル）のお茶の差し入れ有り。職員さんに「面会だから預けているお菓子をお願いします」と、無理言って面会室で二人で黒ん棒を食べた。彼は職場のことをいろいろ話してくれた。俺はオセロの相手をしてもらい、ゆっくり、のんびり楽しめて良かった。「森さんオセロ上手ですね！」と言っていた。帰り際、「ＦＵさんとＹＡさんに面会に来てくれるよう伝えます！」と言ってくれた。楽しみだ。

午後もオセロや花札をして過ごした。ＹＮさんは、オセロはいやだけど花札ならと付き合ってくださった。又、ＴＴさんはともかく、ＴＮさんと初めてオセロをした。なかなか強くて！　良い相手が見つかったものだ。絵も見せてもらったが、すごく上手であった。話して解ったことは、彼が人格者である事。23年の11月生まれだ。今後「親友」になれそうだ。彼との出会いを大切にしよう。今日の一番の収穫で、これからが楽しみになってきた。
※祝日や日曜日も退屈しないで、のんびり、ゆっくり楽しめるようになった。オセロやソフトボール!!

ぬり絵、小冊子…

9／23（金）午前3時15分目覚めた。最近はかなり眠れるようになってきた。オセロの相手がいない時は「ぬり絵」をするように心掛けている。そして「ぬり絵」も大部楽しめるようになってきたし、色鉛筆を手に持って絵を塗っていると心が落ち着いてくるから不思議だ！　今日は途中ですごく眠たくなってきて、色を間違える位だった。仕上げるのに1日で済むようになってきた。今日もほぼ出来上がったがもう少し手を加えたい！

オセロは、今日はずいぶん出来て満足している。特にT主任さんと打てたのが良かった。ＪＩさんは6目だけの完勝だった。ＯＰのK課長ともチャンスに恵まれ相手してもらえた。結果はいい勝負だった。患者さん達ともよく打った。ＴＴさん、ＴＮさん、ＭＯさんで3人共ハンディを2目付けると楽しめる。ＭＯさんが案外強くて侮れない！

小冊子をK課長さんに渡しておいた。明朝の朝一番に、F課長補佐（3病棟）にも渡そう。それから又「ぬり絵」の原画もK課長にお願いしよう。土・日と続くのでグランドでまたソフトボールを楽しみたい。
※入院生活を楽しめるようになってきている。ゆっくり、のんびりと!!

オセロを中断した面会人は妻だったが感謝…

9／24（土）午前3時半目覚め、大部睡眠時間も長くなってきて良好だ。

今日は午前中のOP、高倉健の映画であり途中から少し見せてもらった。なかなか面白そうだった。

それまではKY氏の面会有り。俺が朝一番に「歯ブラシと歯磨き粉をなくし困っている」と告げ「暇な時に持ってきて欲しい」と言っておいたので、さっそく品物を購入し駆けつけてくれたわけだ。ありがたいことだ。詰所より預かって頂いていたお菓子を受け取り、お茶しながら面会室でオセロと将棋を楽しんだ。

午後は、午前中頂いておいた「ぬり絵」をしながら、MA職員さんの時間の空くのを待った。オセロ、彼とは3回目か。今日は初めて勝たせて頂いた。6目だけと完勝で、すごく嬉しかった。今まで負けてばかりだったからだ。また、今日はOTのM職員さんがオセロの相手をしに来て頂いた。しかし始めたばかりの時、よりにもよって、「森さん面会ですよ！」の呼び出し有り。しぶしぶ詰所へ向かう。彼が「いいじゃないですか、また来ますよ。始めたばかりでもあるし」との言葉を後にしながら。詰所に行ったら、面会人は妻だったらしく、品物だけ渡して会わずに帰っていったと言う。まったく、惜しいことをしたが、妻には感謝しなければ……。

患者の仲間とも、2～3目ハンディを付けてオセロを楽しんでいる。

明日は日曜日、天気も良さそうだし、是非またグランドでソフトボールをさせて頂こう!!　また、残りの時間はオセロとぬり絵を楽しもう！　明日もどなたか職員さんがオセロの相手をして頂くとありがたいのだが……。

ソフトボールでとても爽やか…

9／25（日）午前1時、早く目が覚めたが熟睡できたので良しとしよう。

今日は午前中グランドでソフトボールを楽しめてすごく良かった。俺なりにバッティングでヒット性の当たりが多く、ピッチャー返しの強いライナーが3本はあった。1週間前の日曜日に比べれば格段の進歩である。メンバーは先週の仲間にHAさんが一人増えてだんだん盛んになってきた。良いことだ！　Oさんが「ああいいよ！」と快く開けてくれたのも俺としては嬉しい事だった。今日はTTさんが柵越えの大ホームランを打った。おめでとう!!　身体の作りは俺と似たり寄ったりなのに、運動神経は大違いである。

その後、シャワーを浴びて汗を流し、洗剤をMAさんに失敬して汗だらだらの下着を洗濯しておいた。従って昼からの入浴は身体を洗わなくて済んだ分だけ、ゆっくり湯舟に浸かって疲れを癒すことが出来て大変良かった。

午後2時50分頃の風呂上がりから、職員のMAさんとオセロを楽しめてすごく良い1日となった。その上今日は1目差で俺の勝ちであった。これで彼とは2勝2敗の五分となって益々面白くなってきた。又、相手して頂きたい。

患者さんの仲間ともよく打った。AKさんが一番熱心である。強いのはHIさんで2目ハンディで五分五分だ。あなどれない！　他には、TNさんが快く相手してくれ、ありがたく思っている。TTさんは最近はオセロの相手はしてくれなくなって寂しい限りだ。それでも花札はよく付き合って頂ける。

夕方から夜にかけて、すごく人恋しくなり、ケイタイを見ながらあちこちと電話を掛けまくった。親切な人、冷たい人、さまざまだ。こういう時ほど相手の人間性が現れる！

面会に来てくれるのが楽しみだ。次の外出は28日（水）、あと2日の辛抱だ。28日が楽しみだ。犬を病院に連れて行かねば……。

明日もオセロとぬり絵を楽しもう。

私の半生記「目次&系譜」のデータ入力依頼が…

9／26（月）午前中はぬり絵だった。プリンターのインク切れで好みの原画は出せず、仕方なく既存の原画から割と好きなのを選んで塗り始めた。

前もってIZさんに、私の半生記の「目次&系譜」のデータ入力&Print Outを電話でお願いしていたので、時計を気にしていたが一向に9時半にならない。よくよく見ると止まっていた。多分電池切れだろう。28日の外出の際、購入することにした。

10時半頃、「森さん面会です」とスタッフに呼び出され、ロビーへ行ってみると、やはり待っていたＩＺさんからだった。前もって受付の女性からＡ４の茶封筒を頂き、コピー分を入れてあり、置いて良かった。「９日までにはPrint Outしてくれる」と言われた。楽しみだ！

午後の昼休み、ＮＡさんに呼び出され、「卓球をせんかいた?」と告げられ、デイケア室にてＹＯ君と対戦することが出来、良かった。３セットを２回して、１勝１敗だった。彼は前から比べるとずっと上達していた。

最後に、17時20分頃、職場のＦＵさんとＹＡさんが差し入れを持って来てくれた。嬉しかった!!　二人は華やかであった。俺の好きな「大福餅」を手に提げていた。職場のことやオセロ、ぬり絵や指圧器のことなどを話し合って楽しいひと時が過ぎていった。指圧器やＹＹ氏への声かけも頼んでおいた。そして夕食も控えていたので帰ってもらった（「夕食時なので早く帰ってもらえ…」と、ＭＯさんはいつも一言多く、気分を害した）。

9月28日（水）の外出と葉書の返事とプリンター出力が楽しみだ。そのためにも、明日も又、大切な1日にしよう!!　オセロやぬり絵、それにお昼休みの卓球をして。

※今夜は日記を書くのにわざわざ面会室に電灯をつけて頂いた。眠たかった。キク（愛犬）の元気のない原因は脱水症状だったとのこと、ＳＵさんより。水を多く飲ませること!!

眠たい。午前2時半、日記・終了。

大福餅が食べたくなった…

9／27（火）午前中はぬり絵やオセロをして過ごしたが、どうしても人恋しく、又、大福餅が食べたくなった。そこで何人かの知り合いにＴＥＬしたが、埒が明かない。あきらめかけた時、ふと「倫友」のＭＫさんを思い出し、彼にＴＥＬしたところ、すぐ車で来てくれ、大福餅2コ手に入れることが出来た。ＭＫさんは「ＴＥＬしてもらえば又来ますよ！」と言って帰っていった。ありがたい友達である。そして、

ＭＡ君とお茶してさっそく頂いた。実においしかった。

午後からは、待望のスポーツで好きな卓球が行われ、なんと俺は勝ち上がり、ＹＯさんと決勝になった。結果は、11対９で、俺が接戦を物にした。彼に勝つなんて思ってもみなかったので、すごく嬉しかった!!

勝った原因はＡコートのスタッフに準決勝のＹＯさんを「戦いぶりを研究しておいたら！」とアドバイスして頂き、彼がバック手前隅が弱点であることに気づき、接戦になった時、その弱点だけを攻め続けたからだ。スタッフの一言のお陰であった。

今日はオセロの出来る職員はＴ主任しかおらず、彼は余りにも弱いので面白くなかった。次回はＯＴのＫ課長さんや、Ｍ職員さんとの対戦を楽しみにしている。最近、ＭＡさんやＪＩさんとはいい勝負をするようになってきて、益々オセロが面白くなってきた。

明日は待望の外出。楽しみだ。特に妻も卓球に付き合うと言っていたので!!又、愛犬の元気な姿を見られるのも楽しみにしている。

買い物予定メモで全て順調…

9／28（水）今日は待ちに待った外出日であった。一番気になっていた愛犬のキクは会ってみたら益々やせていて、原因は脱水症状だというのに水は飲もうとせず、おまけに下痢でしかも食物を吐いていた。まだまだ予断を許さない。10月1日（次の外出日）に又様子を見て、何ならもう一度医者に見せ注射の1本も打ってもらった方がよいだろう。

楽しみにしていたHさんとの卓球は1対5の惨敗であった。それでもいい汗をいっぱいかいていい運動になって良かった。もっと練習が必要だ。特にサービスのコースと強弱の研究に励むべし。

妻は又最初から最後まで付き合ってくれたが、「疲れた」と言って不機嫌だった。気にすることはないだろう。10月1日（土）も12時半には自宅に帰っていると言ってくれたのが嬉しかった。ありがたい。

高級ボールペンのモンブランの替え芯はなかった。熊本の百貨店にでも足を運ぶしかなさそうだ。

又、ケイタイのバックアップは３０００円のＳＤカードが必要とのこと。止めた。パソコンを利用すれば何とかなるかも。ＩＺさんに相談してみよう！

昼食に頂いたチェーン店の牛丼は温めるだけの即席であったが、すごくおいしかった。１食３６０円と格安だ！　テレビショップで思い切って買っておいてよかった。

他は時計の電池交換や買い物（便箋、封筒、単２の乾電池６コ、テニスボール、お菓子、コーヒースティック等）予定通りうまく行った。計画表をメモしておいて正解だった。５０００円の予算で１２００円位のおつりだった。

（病院へ）帰ってみると、ＷＴさんが面会に来て、ドラ焼きを差し入れてくれていた。すぐＴＥＬでお礼を言っておいた。又、４時過ぎＪＩさんとオセロを楽しめ、僅差で勝たせて頂き嬉しかった。次回はＫ課長やＭ職員さんと共にしたいと告げておいた。

良い外出日であった。次は10月1日（土）楽しみだ。

明日もオセロやぬり絵を楽しみたい。又、卓球、読書も。

ＫＺ先生へ葉書を出しておいた。９月30日には着く予定とのこと。ＫＫさんには今日届いたとのこと。

遅く寝ると充分な睡眠がとれる…

９／29（木）昨夜は遅く、22時40分まで面会室でぬり絵や本を読んで過ごしてから寝たので、起床はもう４時10分であった。このパターンが良さそうだ。Ｔ主任の発案である。明日からこうしてみよう。今朝は一段と身体が楽である。長時間眠れるし、遅くまで面会室にて勉強できるし、一石二鳥である。主任さん、ありがとう！　又、主任さんに私の半生記の最終章「妻に感謝」を読んでもらった。「これを奥様に見せたら喜ばれますよ」と言ってくださった。それにこの日記も見せたら「ワンちゃんが心配ですね」とのこと。だれかと大違い、良い人である。

今日は、手紙や葉書を書いて職員さんに出しておいた。宛先は東京のＴＭさん、長洲町のＨＯさん（女性）、と「Ｍ市場」の職場の同僚の、Ａ事務所のＹＫさんであった。ＹＫさんとＨＯさん（女性）へは面会に来てほしいと少し厚かましい内容になってしまい反省している。最後に声を上げて読み直し、書き直すことをして今後は失礼のないようにしよう。せっかく『いい生き方、いい文章』高橋玄洋・著を読んだのだから、良い習慣を身に付けよう。次回からは。

オセロ今日は職員さんと出来なかったのが残念だった。又、卓球もデイケアのＹＯ君が休みだったため出来なかった。しかし読書したことや手紙・葉書を書いて出せたのは今日の良かった点だ。返事が楽しみである。

明日は金曜日、ぬり絵を仕上げて本も読んでしまおう！　そして朝一番でオセロと卓球ができるよう、手配しよう、頼んでおこう、ＪＩさんとデイケアのＥＩIさんに!!

四つの嬉しい事…

9／30（金）今日は、午前4時5分まで、ベッドに横になっていた。昨日と同じく薬を飲むのを午後10時にしたのが効を奏したらしい。良いパターンになりつつある。T主任、Oさんに感謝である。また今日は四つの嬉しい事があった。その、嬉しい事の四つとは…。

①NYさんの面会。
②カラオケで85点と高得点。
③TNさんとグランドでテニス。
④OTのK課長さんとオセロ。（※K課長に高橋玄洋・著『いい生き方・いい文章』を貸す）

である。ではその内容に移ろう。

①NYさんは倫理の友達で、ケイタイでメールしておいたところ、午前10時50分頃、早速面会に来てくださり、すごく嬉しかった。なぜなら午前中の甘い物の差し入れは

大変貴重で、なかなか手に入る代物ではないカスタードを６コ、仲間とありがたく頂いた。又、その上彼女はオセロが出来て何よりだった。

②カラオケで「二輪草」（川中美幸）を歌ったら、なんと85点だった。オンチの俺にとっては天にも昇る気持ちになって、嬉しかった。又、ＴＮさんが93点で２位だったのも俺としては嬉しかった。

③午後３時より30分近くグランドでテニスをして遊べた。Ｏさんが快く許して下さった。相手して下さったのはＴＮさん。彼は初めてだというのにラケットを上手に使いこなしていた。俺は久し振りでなかなか思うようには当たらなかった。それでも汗をかいて、いい運動になって良かった。シャワーも浴びたのでサッパリしてとても気持ちが良かった。

④午後４時過ぎ、ＯＴのＫさんが来て「森さん、オセロをしましょうか!?」と言って下さり対戦できた。先日は引き分けだったので、負けまいと二人共気合いが入った。結果は俺の完勝！　単純に嬉しかった。次はＭ職員さんとしてみたい。

明日は外出日。10時からにして、キク（愛犬）の散歩と、水を飲まないようなら動物病院へ連れて行こう。しかし、元気なキクの姿が見られそうである!!

又、卓球が楽しみだ。

キクが元気になった…

10／1（土）今日は外出日であった。一番気になっていたのは愛犬のキクが弱っている事であった。しかし、昨夜の妻の話で、「最近は元気になってきている！」との事。

半信半疑で実際帰ってみると、妻の言ってた通りでキクの足取りは軽く元気な様子に一安心した。しかも散歩の帰りに、四十九池神社の境内にある手水鉢に連れて行ったら、少し飲み、まだ飲みたらなさそうな気配であった。気を良くした私はキクの身体を手水鉢に立てかけてやると少しではあるが舌で水を舐めてくれ、嬉しく心の中で「今までよく辛抱し頑張って、よく耐えてくれた」と手を合わせた。

もう一つ楽しみだったのは卓球。これは私の方が遅くなったが、40分程相手してもらえた。試合の結果は、1勝5敗と惨敗に終わった。しかし、今日も汗ビッショリになり、良い運動になった。帰り道コンビニで大好きな「白大福」86円を買う事ができ、嬉しかった。自宅でシャワーも浴びサッパリ、心地良い気分に浸れて良かった。

昼食には、チェーン店の牛丼を食べた。一旦、「牛丼並1杯！」と注文した後、メニューに「牛丼・おしんこ・豚汁セット…４９０円」とあるのに気づき、すでに牛丼が手元に来ていたが、「このセットにして下さい」と言った。伝票を見ると追加セット計５８０円となっていたので、若い子を呼んで経過を話すと店長に聞きにいってきて、修正した伝票を持ってきた。それを見ると、４９０円になっていた。良心的な店だ！と感心し、又来ようと思った。

妻も協力的で楽しい外出であった。病院へ帰ってみると、友人の面会があったという。「だれかは解らない」と言うので「それでは困ります！」と返すと、事務所に問い合わせてくれ、ＮＫさんと解り、早速お礼の電話をかけておいた。又、午後4時過ぎにＯＴのＪＩさんとオセロを楽しんだ。結果は1目差で私の方の勝ち。完全に五分五分となり、益々今後が面白くなってきた。ありがたい！

明日は日曜日、午前中はソフトボール、午後はオセロと花札を楽しみたい。又は手紙を書いて過ごしたい。

三つの嬉しい事…

10／2（日）今日も楽しい一日となった。午前のソフトボール、午後の面会（UM氏とTH氏）、と入浴、それに手紙を書いたし、オセロも出来た。

①ソフトボール　午前中9時30分過ぎからメンバーに声を掛けて回る。

メンバー　ピッチャー・TNさん　センター・SAさん　レフト・TTさん

センター・森俊光　サード・HKさん　ライト・YOさん

今日はめずらしく俺が調子が良くて、レフトまで2本当たり、レフト線、サードへ、センターへも打つことが出来た。守備においても走って行って良いフライの当たりをキャッチングすることが3～4回程あった。又、最後にTNさんのバッティングにおいて俺が初めてピッチャー役をして、それなりに投げられた。嬉しかった。

②面会　UM氏（虹の会）　午後1時頃来て、モナカとチョコレート菓子を差し入れてくれた。入浴前のすごく良いタイミングで、俺の部屋で食べながら30分話して帰っていった。

ＴＨ氏（倫友・特に良い人で今後も大切にしていきたい！）は、入浴後の3時頃、入り口が解らないと言いながらも何とか来てくれた。缶ジュースや炭酸栄養ドリンク、レモンのビン入り等10本程差し入れをくれた。又、見舞いとして金５０００円頂き、詰め所に預けた。主に日記を読んでもらった。最後に和水町は本日、住民投票で今から行ってくると言いながら、30分程おしゃべりして帰っていった。

今日の面会は2人共すごくいいタイミングで俺は嬉しかった。2人共良い友達だ!!

③手紙　ＳＴ氏・ＨＳ氏・ＨＴ氏の3人へ出すことが出来た。返事が楽しみだ。昨日はＫＯ先生にも書いて出した。書いた後のチェックをして修正をしておいたのが良かった。

オセロもして楽しんだ。主任さんに相手してもらえた。

明日は、卓球とオセロに励みたい!! YOさんとJIさんに頼むこと。

入浴　いい湯加減で長く入ってあったまって良かった。

※レンタル販売店に本（3500円）を注文。又、ウォーキングシューズ（1万4千円）を新聞で見て注文しておいた。10月8日には来る。

「森さんは筆まめですね！」と言われる…

10/3（月）今日もすごく楽しい1日であった。特に嬉しかったのは大田区のTMさんから早速電話があったことと、前からの知人であるSO君となんと第一病棟内で再会できたことである。しかし、楽しかった真の原因はまめに手紙を5通書いて、しかも板橋区と明石市の恩人には長文を速達で出せたことである。又、速達の件ではOさんの力添えがあったことに感謝を忘れないことである。

①ＫＫさんへの長文の速達
②ＫＺ先生に　〃　〃
③ＴＭさんへ友人としての手紙
④ＮＹさんへお礼状（面会の）
⑤ＴＨ氏へ　〃　〃

┘├Ｏさんの力添えあり成立した。

午前中、頑張ってＫＫさんとＫＺ先生へ私の半生記の最終章である「妻に感謝」を長文で少ししんどかったが、写して敬意を表して速達で出す。「速達は今日出すのは無理です」と事務所で一旦断られたが、Ｏさんが外出許可を急遽出してくれ、自分自身で郵便局まで歩いていき出してきた。２通で３６２円×２掛かった。お陰で１０００円からお菓子まで買えて本当にありがたかった。次回は外出の際は９８９円のシーツカバーを購入すること。

午後2時、帰院してみたら、ＵＭさん（女性）とＳＨさんが面会に訪れたと聞き、早速、お礼の電話をしておいた。ありがたい。また、3時頃「森俊光さん電話ですよ」の館内放送有り。「誰だろう今頃」と思いきや、電話の主はなんと久し振り、Ｔ

Ｍさんであった。懐かしさのあまりまたペンを取り、近況を知らせておいた。

その後、お茶してくつろいだ。４時過ぎ又もやＪＩさん登場。今日もオセロの相手をして下さった。結果は俺の勝ちで嬉しかった。その後、ＳＯさんと３番オセロを打つ。結果は２勝１敗。良い対戦相手が現れ嬉しい限りだ。

夕食後はＮＹさんとＴＨ氏に面会のお礼の手紙を認(したた)めておいた。

明日はＭＫさんへ手紙を出そう。
午前中はぬり絵、又はオセロ。
午後はスポーツ、楽しみだ。

※ＪＩさんから「森さんは筆まめですね！」と言われ、そうありたいと思う！

自費出版本タイトル「夢に向かって！」に変更…

10／4（火）今日は何をしたか余り思い出せない。頭のキレが悪いようだ（…少しずつ思い出してきた）。

午前中、女性職員より「宛名不明で戻ってきてるよ」と1枚のハガキが渡される。見てみると、KZ先生に宛てたものであった。残念に思った。私はもしかしてと、母校の社会福祉専門学校の社会福祉科へTELした。そしてKZ先生の現住所を尋ねたが不明とのこと。しかしである。私が「一期生の森俊光です」と言ったら、なんと、「私はNKです！　お懐かしゅうございます」と言われたのである。なんと私が在校時すごく親切にして頂いた美人の、私より確か年下の若い先生だったので、正に天の配剤である。

KZ先生が相談相手をNK先生（女性）に切り替わるよう、神様に頼んで下さったのだろうと、私は勝手に解釈して喜んだのである。早速手紙を社会福祉専門学校のNK先生（女性）宛へ認めておいた。そして文面をOさんにチェックしてもらったら、彼も「喜ばれるよ！」と言って下さった。返事が必ず来ると信じている。

又、NAさんにも手紙書いておいた。

次に良かったのはHT前会長が面会に来て下さったこと。そして、世間話をしていた時、私が手記の自費出版「私の半生記」のことを言うと、「それならいっそのこと『夢なかば…。』とでも、明るく希望の持てるものにしたら!」とのこと。なるほどと思った私は、パソコンの入力を頼んでおいたIK氏へ早速TEL。タイトルを『夢に向かって!』に変更をお願いした。

そして最終章に、私の夢であるレインボー会館設置や全国行脚の仲間への励ましのスピーチを書き足そうと決心した。出来上がった本の宣伝も兼ねて……。

午後のスポーツは、残念なことにペタンクで私としては全く面白くなかった。

又、今日はオセロ、JIさんにも序盤で大失敗し完敗に終わった。やるからには勝つつもりで気合いも入れて戦うべし!! SOさんとも2勝2敗と奮わなかった。チョンボした。気を抜かないこと!

明日外出。レンタル販売店の本『鋼のメンタル』が楽しみだ。又、スーパーでシーツカバー999円も。オセロ気合いを入れて、SOさん、JIさんと。台風に注意!!

午後の外出は色々順調だった…

10／5（水）4時起床。大部眠れるようになって来た。良い傾向である。そろそろ外泊届けを出してみよう。少しずつ慣らして行きたい。（今日は外出日）今日は（午前）院長先生の回診の日、「昼休み時間に卓球が出来るようにして頂きたい！」と申し出たが、肩すかしを食った。

回診後出掛けようとしたら、この前頼んでおいたウォーキングシューズが届いた。11300円だけに履き心地が良く疲れない。早速履いてみてそう感じた。整体のセールス回りに最適だ。良い買い物をした。サイズも色もOK、靴底も3枚「百均」で買って万全の準備が出来た。

（午後）外出はほぼ予定通り行った。妻が今日も最初から付き合ってくれ、車の運転もしてくれたのが嬉しかった。最近は文句も言わず、協力的なので助かっている。買物で本『鋼のメンタル』も良いものだった。指圧器も手に入った。早くＹＹ氏へプレゼントしたいものだ。又、敷き布団カバーは妻の自宅に未使用のがあるそうで後で見てみると、なかなか色も良く上物で気に入って、早速使っている。よごれていたシーツは妻が洗ってくれると言う。

それから、U造園のK会長も御在宅で良かった。手みやげ1000円弱の品物を渡して「整体の方、宜しくお願いいたします！」と言っておいた。名刺を渡して！

愛犬のキクも元気になって水も良く飲むようになってきた。安心した。散歩後はシャワーでなく湯を溜めて湯舟に浸かって身体をほぐした。

（病院へ帰り）オセロはSOさんにもTNさんにも負けてばかり。スランプは気合い入れ直さねば。最後にKO先生からTELあって、明日の午後2、3時頃、面会に来れるだろうとのこと。嬉しい限りだ。ハートフルの件相談してみよう。一応原稿書いてはおいていたが。

又、MS氏が山鹿から面会に駆け付けて下さった。見舞金3000円持って。ありがたかった。ナビを頼りに来たとおっしゃっていた。良い人だ、すごく。Aの会長でもある。

明日は、ぬり絵か？　俺はスポーツをしたい。ＴＮさんを誘ってみよう！　もちろん、オセロもＭ職員さんと。

※お茶、お菓子代はディスカウントストアで、計８９２円と安く上がって良かった。

「夢に向かって」原稿を書き始めよう！……

10／６（木）今日は３人もの面会者があって嬉しかった。特にＳＴさんとは意気投合した。退院後の大人の付き合いが楽しみである。ＳＴさんは生命保険で独立したらしい。新しい名刺をくれた。俺も「ついじの森整体」の名刺を渡しておいた。又、見舞金５０００円もくれた。ありがたい。

他は、ＫＯ先生とそのお友達、又、ＷＭさんがあった。ＫＯ先生は約束通り菓子専門店Ｃのおはぎを買って来てくれた。又、ハートフルでの発表原稿を見せたら「これでいいわよ。コピー３枚もらえる？」と言われたので、事務所で３部コピーして渡

す。出来ればデータ化もしてくれるかも！（データ化は岱明の役員さんである〇〇さんに頼んでみよう）

午前中は、NK先生へ、KZ先生へ一旦出した手紙の中身をNK先生宛に修正して出しておいた。又、本『鋼のメンタル』を読んだ。気を良くした俺はKA様にラブレター?を書いて、中のTの会宛に出しておいた。本人へ届くよう祈る。

それにしても大部すらすらと文章が出てくるようになった。ありがたいことだ。

そんなわけで午後のぬり絵は参加せず、オセロ。今日もSOさんなどと打った。結果は2勝4敗、彼はなぜかすごく強く、良い勉強になる。ありがたい存在だ。

明日は、「夢に向かって」の原稿を書き始めよう!! それにしても、誰からもハガキや手紙は来ない。まあいいか…!? 全国行脚、バイクが良いのでは？

「夢に向かって」書き出すとすらすらと…

10／7（金）今日は午前中「夢に向かって…」の原稿を書くことが出来て良かった。早速考えた結果、又、STさんにTELで頼んだところ快く引き受けて下さり、12時40分頃、ロビーで手渡すことが出来た。又、ハートフルコンサートの発表の原稿パソコンデータ化はOTのK課長さんに無理やり頼んで預かってもらった。どちらも10月13日（木）頃には出来るだろうと期待している。（K課長さんに貸した高橋玄洋さんの本は返してもらい、MA君へ貸す）

「夢に向かって…」の内容である、私の夢は三つある。

一つ目は、独立して整体一本でやって行く事。

二つ目は、卓球やオセロの支援会を開く事。

三つ目は、前の二つのような「夢」の内容を全国行脚してスピーチして回る事。Rの会、及び、精神障がい者の運動グループなどを！

書き出すと意外とすらすら書き上げることが出来た。

患者との職員との話し合いが、食堂であった。俺は昼間卓球が出来るようにしてほしいと言ったら、一応デイケアの方に聞いてみますと次長さんは答えられた。又、牛乳の代わりに何かを考えてみると栄養士さんがおっしゃった。（※牛乳は体に悪いという論文が欧米で反響を及ぼしているが…）

ＴＥさんへの手紙を書いた。面会に来て頂きたいと。明朝速達で出そう。

明朝はＭＫさんに手紙を書こう。又来てほしい、と。

それから、ＨＲさんへも手紙を書いて、原稿「夢に向かって」の目次と年譜、それに「妻に感謝」をＩＺさんがデータ化して持ってきて下さった。６時半頃。非常にありがたかった。頼りになる人だ。ＷＭさんとは大違いである。ＷＭさんへの手紙も「出しておきましょう、ポストに入れればいいんでしょう」と言ってもらえた。

ＫＳさんにはＴＥＬしておいた。そのうち又来るとのこと。ＹＹ君がなぜ来てくれないのだろうか？　受け取ってほしい。大した物ではないが。

昼間デイケア棟で卓球をした。ＹＯ君とは4対1と完勝。しかしスタッフのＥさんには1対1と引き分け、苦戦した。

オセロ　ＪＩさんに今日は勝たせてもらった。又、ＭＭさんとも2勝2敗と調子良かった。内の1勝は50対0で真っ白となり完勝だった。嬉しかった。

明日は外出日。計画を立てて大事な一日にしよう!!

外出日、妻と大口論!…

10／8（土）今日も良い外出日だった。特に妻と大きな声で口論となり、罵声を浴びせ合ってスッキリしたのが良かった。彼女はケンカした後はケロッとしている。本当に現金なやつだ。まあそこがアイツの良い所だ。後腐れがないので俺は助かっている。

何が（ケンカの）原因かというと、文具店を妻が見つけ「この店ではどうなの？」と言うので、急遽車を降りて入っていった。そしてモンブランの高級ボールペンの替芯が置いてあるか尋ねたら、「今はないので取り寄せになる」との事。青の太字を注文した。何日頃に入荷するか尋ねると、2週間位との事。値段は1300円位らしい。「それではお願いします！」と言って、そのまま帰ればよかったが、日本製のボールペンが置いてないか尋ねたら、2000円のしかない。万年筆なら……などと長い時間になってしまい、とうとう車で眼科の駐車場に停めていた妻が店内へ「まだなの!!」と怒鳴り込んできた。「ゴメンゴメン」と言ったものの、それから二人は不機嫌極まりないものとなった。

お互いだまり込んで険悪ムードとなった。その後スーパーに行った時、俺がモタモタしたとまた文句を言ったので、俺もとうとう堪忍袋の緒が切れて「何んテヤァー!!ガタガタ言うな!!」とどなってしまった。

しかし、最後自宅でカレーを食べ終わった頃は、お互い気分はスッキリと直っていた。まあ俺達夫婦はこんな調子で続いている。

後は買物も他の用事も、キクの散歩も順調にいって良かった。特に妻の運転でモンブランの替芯を注文できて良かった。又、注文しておいた本『自己を磨き　人を育てる』が楽しみだ。それから、読んでいた『鋼のメンタル』は読了した。是非感想文を書いて送ろう！

又、オセロの本を次回の10月11日には書店へ買いに行こうと思っている。

帰院したが心配した面会客はなかった。本を読んだり、オセロをして過ごす。特にＭＭさんに今日は３勝２敗と勝ち越せて嬉しかった。

明日、明後日は連休で天気は雨。本の感想文の手紙を書いたり、オセロ、読書、ぬり絵、そして楽しい２日間にしよう。

ＴＥ先生宛の手紙は速達で出したので、今日か明日の午前中に届くものと思われる。連絡が楽しみだ!!

雨の日曜日…

10／9（日）朝から雨だったのでソフトボールは出来ず、本『鋼のメンタル』の感想を手紙にして著者の百田尚樹様と発行者宛に親展と表に書いて封筒に入れた。Ａ４のコピーが残っているというのは、手記「夢に向かって…！」の目次と年譜を同封して入れるつもりでいるからだ。休日で事務所が閉まっているのだ。月曜日（10月10日）コピーを取って同封し、外出の際速達で出そうと思っている。それで午前中はほぼつぶれた。

Ｏさん、ＹＡさんより「今日は来れなくなった！」との電話があったよと言われた。その上、ＹＹ君から中途半端なメールがあり、やりとりしたが埒が明かない。とうとう俺は頭に来て「さっさと来い！」とメールしたら「何事？」との返信。煮え切らない男だ。変に気を回し遠慮するところがあって扱いにくいヤツだ。せっかくプレゼントを用意しているというのに。そしてあげくの果ては昼の薬の時に「余り電話ばかり掛けるので遠慮している。控えてほしい。入院中なので」と電話があり、注意される始末だ。

午後からは入浴、身体を洗ってゆっくり浸かった。気持ち良かった。最近は、他の人へ気を使うことなくマイペースで入れるようになって嬉しい。

その後、洗濯をしようとしたら使いっぱなしになっていて困ったので、Ｏさんにお願いしたところ、すぐ館内放送してくれました。なんと使い主は、ＭＡ君だった。

無事洗濯も終わりもう夕方の薬であった。その後はＴＮさんを呼んでお茶ともなか（もち入り）を出し、部屋（10号室）で一緒にくつろいだ。

それからはオセロをして、ＴＮさんと２目ハンデで２勝０敗でだった。又、ＳＯさんとは３勝１敗と今日は調子よかった。俺も少しは強くなったようだ。

21時頃はぬり絵をしたが、眠たくて仕方なかった。明日は21時には寝てみよう。

明日は休日、午前中はソフトボールを、午後はオセロとぬり絵を楽しもう!!

だれか面会に来てくだされば良いが……。

ター。

10月11日（外出）の計画立てる事。テニススクール等、ラケット、ウェア、サポーター。

書店にてコピー。

※入浴しようとしたら、電話有り、東京のKKさんからで、ハガキを出すと言われた。養生するようにとの事。10月12日（水）あたりTEL届くだろう。

六つの出来事…

10／10（月）今日は体育の日（祝日）で快晴であった。今日一番良かったことは、FRさんへ近況報告の手紙を認めたこと。それを含め6項目ある。

①FRさんへ手紙を認めたこと。
②Oさんと初めてオセロを楽しめたこと。
③リストボール遊びで打撲傷を負ったが、大事に至らなかったこと。
④オセロでSOさんに4勝2敗と勝ち越したこと。

⑤明日の外出計画書を作ったこと。
⑥ＴＮさんに本『鋼のメンタル』を勧めたこと（喜んでもらえた）。

（それぞれの詳細）
①ケイタイをチェックしていてＦＲさんを見つけ、懐かしく思い出しＴＥＬしたら運良くすぐ出てくれた。急いでこちらの電話番号をメモしてもらい折り返し電話をもらった。そして、住所を教えてもらいメモった。北海道上川郡とのこと。郵便番号は調べた。早速手紙を認めておいた。明朝に私の手記「夢に向かって…！」の目次等のコピーを同封して速達で送りたい。返信が速達で来るよう、切手３６０円を入れておこう。
②今日は祝日（月曜日）で昼過ぎ０さんがのんびりしていたので、オセロの相手を申し込むと快く引き受けてくれた。「すごくいいよ」と言われて、結果は完敗。勝つコツを「余り端っこを前半取り過ぎて、ふん詰まりにならないようにすること」と教わった。さすが０さんだ！

③ソフトボールを今日は3人、TTさんとTNさんと私で楽しんだ。守備もレフトを守って、TTさんの強烈な打撃を取ろうとして腕に直接打球も当てました。しかし、大したことはなく大事にならなくて良かった。

④オセロでSOさんに今日は4勝2敗。最近は俺の方が分が良くなってきた。嬉しい限りだ。

⑤明日の外出計画表を立てた。オセロの本とテニス無料体験がすごく楽しみだ。ハッスルしすぎないように注意のこと。

⑥TNさんへ本『鋼のメンタル』を貸してあげたら「良い本で良いことが書いてありますね！」と言って夢中になって読んでいた。貸した甲斐があったというものだ。又、MAさんも「いい生き方、いい文章」を読んでくれている。それから彼には今日は久し振りにお母さんと〇〇さんの面会有り。結果を聞いたら「良い方向へ進み出した!!」とのこと。喜ばしいことだ。彼の精進の賜物だ。

明日は外出日。本『オセロの勝ち方』とテニス無料体験と卓球スクール調べが楽しみだ！

※速達の返信用切手３６０円分の同封を忘れないこと。

外出日、六つの良かった出来事…

10／11（火）今日は外出日であったが、良かった事が六つある。

①『オセロの勝ち方』という本を手に入れたこと。

②テニスの無料体験が出来、また始める手続きが出来たこと。

③卓球も又習うことに決めたこと。

④ＦＲさんと新潮社へ『鋼のメンタル』の感想文を速達にしたこと。

⑤ウノというトランプみたいなカード遊びを覚えたこと。

⑥「夢に向かって」の原稿がデータ化されて出来上がって校正をしたこと。

①『オセロの勝ち方』という２０５２円もする高価な本を手に入れたことで、益々興

味が湧いてきた事。『a minute to learn a lifetime to master』「1分で覚えられるが、極めるには一生かかる」の意である。又、バイオリンとオセロ、名曲と名局だ。オセロも打つ手によって名局となる。

②テニスの無料体験が出来、又習う気持ちになれて良かった。又1980円でシューズとラケットをバッグのサービス（特典に恵まれた）。10月15日に1980円払うこと。その上、1回目は4500円の月謝はいらなくて1980円のみでいいとのこと。バンザイ。

10月25日（火）の19時～スタート、45分コースだ。楽しみだ。

③ケガをしないように気をつけること。又卓球も5000円で習おうと決めた。こちらは午前中金曜日の10時～にしようと思う。10月15日の10時に行って、手続きしよう。テニスの1980円を一緒に支払いも。

④FRさんに手紙を書いて、手記「夢に向かって…！」の目次等を速達で送っておいた。又、切手を82円×5枚入れておいた。返信が速達で来ますように祈る。10月16日

か17日には届くだろう。『鋼のメンタル』の本の感想文を手紙形式で編集部の読者係へ送った。ＦＲさんのと同じように資料のコピーも同封した。切手も5枚入れておいた。

⑤ＭＡ君にＵＮＯカードという遊びを教わって、4人（ＴＮさん、ＳＯさん、ＭＡ君、私）で夜遅くまで楽しんだ。１０００円近くもしたらしいが、俺へのプレゼントらしい。お返ししたい。

⑥「夢に向かって…！」の原稿をＳＴさんがパソコンで入力してくれて、校正をしたので来てもらうよう準備してＴＥＬしよう。またＩＺさんへも準備にＴＥＬ…来れそうか聞こう。楽しみだ!!

明日は、午前は右記の⑥の項目の手配とオセロ。午後は入浴とオセロ。昼休みに卓球の嘆願書を提出のこと。課長さんへ。また職員さんへオセロの申し込み、卓球の申し込みをすること。

※キクを小川で遊ばせたら、水を飲んでくれた！

※A書店の手前に甘いもの屋を見つけ、おはぎ3コ入り291円だった。●●り●しよう。また宣伝VCDも借りよう。

入院日記　最後の文ページ・三つの夢

私は今まで闘病生活に苦しめられた半生だった。それゆえ、これをバネに私には是非実行したい三つの夢がある。

一つ目は、独立して整体の道を極めること（お客さんに喜んで頂ける整体をしたい）。

二つ目は、友人・知人を招いて卓球とオセロの交流会を開くこと。

三つ目は、このような内容のスピーチで全国行脚して仲間と交流したい。

一つ目…整体は自宅でやるか、又は家族会々長のIさんの借家の1階を考えている。自宅は30分1000円、借家の方は30分1500円を基本にするつもりで、暇をみては整体の注文取り（ご用聞き!!）をして歩き回り、少しでもお客様を増やしていこうと考えている。

又、仲間お一人Tさんに営業面の手伝いをお願いしても良いと思っている。歩合制で。まあ、夫婦2人と犬2匹が食っていければそれでよし。年金ももらっていることなので、マイペースでのんびり、こつこつやって行こう！

二つ目…私は卓球を少したしなむので、友人・知人をまねいて交流会を開きたい。300円位の参加費で、方々弁当やお茶とお菓子を食しながら、精神障がい者とその理解者が楽しめる場所を、公民館や市民会館等を借りて提供したい。また、オセロゲームの交流会も同じように考えている。

三つ目…大変なことだが、250cc位のバイクを購入して、各地、まずは（熊本）県内Rの朝起き会でスピーチさせていただこうと思っている。実際、時間は10分位で宇城と八代、水俣の会で実施した経験があり、歓迎された覚えがある。

又、「こころの元気」という雑誌より各地の精神障がい者のグループ名と代表者名、連絡先を調べてスピーチさせてもらうよう、手紙を出すつもりでいる。

しかし、この夢は時間（日数）とお金も必要なので出来ればRの会員さん、又は精神障がい者の方の自宅へ、お邪魔でなければお世話になりたいと勝手なことを考えている。

この三つの夢は、私の整体の仕事がうまく行かなければ出来ない事なので、実行に移せるところから少しずつやっていこうと思っている。整体のお客様が来てくださいますよう、神様にお祈りするつもりでいる。気楽にのんびり、楽しみながら、最愛の妻と共に!!

（了）

精神病院（日本）の「独房」における人間の尊厳とは?

【独房（保護室）】

初めて独房に入ったのは18歳の時である。

そこは静岡の函南町の精神病院であった。私は突然の発症?で病院へ搬送され入院となったが、そこで私が看護人に対して文句らしき理屈を言うと2、3人の職員に取り押さえられ、無理やり院長先生から注射をされて、気づいたときはもう独房の中であった。

その時の悔しさと言ったら院長に、つばを吐きかけぶっ殺してやりたいくらいだった。今でも院長のニヤリとした顔を思い出すと反吐が出そうだ（人間として最大の屈辱？ではないだろうか）。

それは昭和43年のことで、その頃の保護室といえば、トイレが汲み取り式なので臭かったです。食事の時などたまらなかったです。まさに古い豚箱（刑務所）そのものでしょう（私は入ったことはないが）。ということは犯罪者同様の扱いなのです。

2度目の保護室は千葉の病院でした。35歳の時です。ここでは熊本の郷里から母と姉が面会に来てくれたのですが、面会謝絶でした。後で聞いた話ですが、母は先生に無理を言って檻の中の私を覗いたらしいです。その時の印象を母は「檻の中のクマのように這いずり回っていた」と言っていました。

3度目は確か熊本のU病院でした。39歳になっていました。ここは大きな鉄パイプの柵がありました。私は職員の気を引こうと畳を柵の間に差し込んで立ちかけました。そして、畳の上に立って毛布を振り回しました、新体操のように。またトイレに手を突っ込んでパチャパチャさせたものです。要するに、寂しいのです。誰にも相手をしてもらえないのですから。

4度目は熊本のY病院で、44歳の時です。独房（保護室）での記憶はありませんが、ここでは一般ベッドに括りつけられ身動き一つできなかったものです。やはり悔しく惨めな思いをしました。

5度目は熊本のT病院で、54歳になっておりました。騒いで喚き散らしたので入れられました。時計を窓際に置いていただいたのですが、ひどい近視の私にはぼんやりとしか見えず、朝の4時か夕方の4時か分からなくなった記憶があります。

食事の配膳時も声をかけてもらえず辛かったです。また床の割れ目が地図の山道のように、大分の耶馬渓に思えました。確か1週間ぐらい入っていました。

しかし、このように何度も保護室を経験させられるほど状態が悪かったにもかかわらず、今こうして世間でほぼ何不自由なく生きていられるのが不思議なくらいです。苦難（精神障がい）を乗り越えたとまでは言えなくも、精神障がいと共に生きてきて、今夢に向かって生きている道を実感していると自負しております。

そして精神障がいは世間にとって妙薬ではないかと思います。薬は使い方次第で、益にも害にもなります。ということは「精神障がい」は世の中を浄化する作用があると信じます。

第10章　ゆっくりのんびり・夢に向かって…

新しい夢（目標）「ピア・サポーター」の確立

最近の私は新しい夢（目標）を持ち始めた。それは精神障がい者に是非必要な政策で、地域移行支援の実現である。

今までの夢である整体の独立営業は一応一段落し、ここは私の今の立場である、有明地域精神障がい回復者クラブ「虹の会」代表として、生きている間に何とかこの地域移行支援を実現させ、ピア・サポーターの確立を図りたいと思うようになったのである。おりしも先日、保健所主催の精神保健福祉連絡会という会議に参加させていただき、大勢の関係者の見守る中、地域移行支援におけるピア・サポーターの必要性を訴える機会を得たところである。

話が前後するが、地域移行とは精神障がい者の回復を今までの病院入院生活中心から地域生活中心に移行しようという政策で、すでに平成16年に政府が国として打ち出したものである。

ところが最良の政策にもかかわらず実施できている県や市町村は少ないのが現状である。何をいわんや私も最近になって初めて知り得たような状態で恥ずかしい限りである。しかしながら、入院患者さんの生活や退院後の仲間の生活を少なからず知っている私はこの政策の必要性を誰よりも痛感している。微力ながら、ピア・サポーターとして地域移行支援の一助となりたいのである。ピアとは、同じ病気を経験した仲間という意味である。

入院患者さんの生活は無気力で精気のない毎日である。本心は退院したくても、それを押し殺してあきらめる努力をしているのが現状である。ある意味で閉鎖的な世界なのである。

また、退院した仲間の生活も閉じこもりがちとなり、病気が再発し、再入院となるケースが多いのである。

なお退院した後、病院のデイケアに通う人も多いが、果たしてその生活が本人の自立に役立っているかは疑問である。

賢者はデイケアのことを、大人の幼稚園と評している。

今の福祉は過剰サービスで、真の自立と社会参加となっているか？　私は、もっと精神障がい者自身の自主性と主体性を大切に見守っていただきたいと思うこの頃である。

格言「天は自ら助くる者を助く」です。

いつまでも病人扱いではなく「一人前の人間として」対応することが大切ではないでしょうか！

ハートフルでのスピーチ

平成30年9月30日

皆さん、こんにちは。私は回復者クラブ「虹の会」の森俊光と申します。どうぞよろしくお願いいたします。会場にお越しの皆さんの中には、ご存知の方もおられますが、私は精神障がいの当事者です。

皆さんに伝えたいことが2点あります。一つ目は「地域移行支援」という言葉を知ってほしいのです。これは政府が平成16年に示した政策です。

どういうことかといいますと、精神障がい者を入院生活中心から地域生活中心へ移そうということです。少し硬い話になりますが、長期入院患者さんを何とか退院までもっていき、あとは退院先に住む家の地域で、この病気を治していこうという政策です。

それには、地域に住む住人の理解や当事者仲間の支援であるピア・サポーターも必要です。もちろん簡単なことではありません。しかし外国には精神病院の病棟自体がない国もあるのです。それはどこかというと、イタリアです。

日本でもみんなが協力すれば可能です。精神障がい者を中心に据えて、その周りを関係者、家族、スタッフ、行政の皆さんで持ち上げるのです。祭りの時に神輿を担ぐように協力し合って、当事者の自主性と主体性を大切にするのです。当然、精神障がい者自身の努力が一番必要です。それなくしては実現不可能です。どうぞ会場にお越しの皆さん！「地域移行支援」という言葉だけでも知ってお帰りください。当事者の皆さんも「地域移行支援」というサービスが、用意されていることを頭に入れてお帰りください。

次はピア・サポーターを知ってほしいのです。ピアとは仲間という意味で、ピア・サポーターは仲間の支援者ということです。私自身ピア・サポーターになりたいと思っています。何故なら同じ精神障がいという苦い体験をした者として、仲間や後輩のために少しでも力になれたら、役に立ちたいとの思いからです。

例えば、病院を退院したての人のいろいろな不安に共感できるのは、私達当事者だからです。当事者だからこそ分かち合えるのです、気持ちがつうじるのです。

最後になりました。皆さん、どうぞ「地域移行支援」を合言葉に、この玉名を荒尾を、障がい者にとっても健常者にとっても、住みよい街にしようではありませんか！

「本当にこの町に住んでよかった」と思える街にしていきましょう！

ご清聴ありがとうございました。

令和元年12月14日

「R」に出合って

皆さん、こんばんは。たまきな支部、森俊光です。MS先生に対する感謝の報告をいたします。

私が感謝する理由は、統合失調症という難病の精神障がいの病気が「家庭Rの会」と出合ったことでほぼ治ったからです。

皆さんもすでにご存じのように、私は18歳で発症してから55歳まで精神病院の入退院を繰り返しました。独房に4回も入り、一時は母も「もう俊光はダメバイ、廃人になるバイ」と口にしたほどです。

しかし、約10年前、ある人の紹介で「Rの朝起き会」に参加する機会を得ました。参加して感じたのは皆さんがすごく歓迎してくれ、その真心の温かさでした。そして、「万人幸福の栞」を輪読していく中で、私はその内容に驚きました。病気のことをズバリありがたいことだと書かれていたからです。

特に第二条の、

「天の将に大任を是の人に降さんとするや、必ず、まずその心志を苦しめ、その筋骨を労す。」（孟子）

この文言は、病気になったことを悔やんでばかりいた私の意識を180度変えるものでした。

そして、今では天が与えた試練だったのだと思えるようになりました。入院中に経験した、言葉では言い表せられないほど苦しかった体験がウソのようです。

それから、もう一つは第十条の勤労歓喜です。実を言いますとRと前後して、私は幸運にも、整体という仕事に就けていたのです。栞の「病気になってからでも、出来る仕事を心配なく働き続けていたら、それ以上悪くならないばかりでなく、次第に良くなってくるものである。」は、正にこの私のことを言っているようなものです。

整体の仕事について約10年、「働く喜びこそ、生きている喜びである。」をしみじみとかみしめながらお客様のお体を揉ませていただいております。そして、お客様から「ア～気持ち良かったです。ありがとう」とお礼の言葉を聞くと、この仕事を続けてきて、本当に良かったと思います。

又、栞の中で最も私が好きな箇所は第十六条尊己及人の「最も己を大切にすることは、自己の個性を、出来るだけ伸ばして、世のため人のために働かすことである。」です。なぜなら、精神障がい回復者という個性を世のため人のために活かせると信じるからです。

実際、私は回復者クラブ「虹の会」という精神障がい者の自助グループの代表をさせていただいています。そして、毎月1回、第3日曜日に昼食会を開いています。会員でない皆様にも参加していただけます。１５０円です。どうぞおいでください。メニューはキーマカレーや肉うどんです。

それから、「虹の会」で最近、力を入れていますのが地域移行制度におけるピアサポートの必要性です。地域移行といいますのは、病気を今までのように入院生活中心で治すのではなく、地域で生活しながら治していこうというものです。政府が平成16年に打ち出した政策です。

それに伴って必要となってくるのが、地域にお住いの皆様方お一人お一人の理解とご協力です。どうぞ皆さんよろしくお願いいたします。

またもう一つ必要不可欠なのがピアサポートです。ピアサポートとは、同じ病を経験した仲間、ピアが、一緒に問題解決する支援、サポートのことです。

実際に先々月、地元の病院にピアサポートのポスターを貼らせていただきました。このような活動を通して私は生きがいを感じております。今の私にとって「万人幸福の栞」はなくてはならない生活指針です。この栞を苦労して造り、世に残されたMS先生に対し心から感謝いたしております。そして、これからはこの純粋倫理の良さを友人や仲間にも分かってもらい、喜んで普及に努めてまいります。

ご清聴ありがとうございました。

戯言「しんめあいきえん」

入院中に人生何が大切かを考えたら、「心目愛気縁」に行きつきました。そして、講演する機会を得ましたので、その時の話をします。

私は森と申します。ところで森は訓読みですね。では音読みでは何と言いますか。

そうです「しん」ですね。では「しん」で思いつく漢字には何がありますか？

そうです「新」あらたです。気持ちを新たに出直す、などと言いますね。また「新人」という言葉もあります。ニューフェイス、いいですね。素直で明るくはつらつとして職場も一新します。

次は「信」です。人の言うことをあなたは信じますか？　私は信じることにしています。信じる者こそ救われると申しますからね。

次は「申」です。もの申す。まずは言ってみることです。申告することが大切です。受け取ってもらえたら儲けものです。思いを言葉に託して相手に伝えることが大切です。

次は「神」です。神様の言うとおり！　これについては何も言うことはありませんか。神に祈ろうではありませんか？

次は「真」です。そうです「まこと」あるのみです。『真実一路』という本もありましたね。

次は「進」です。前に進むことが大切です。森進一、有名です。

次は「親」です。これを忘れてはなりません。親孝行したい時には親はなし、とか申します。

最後は「心」です。皆さん、自分の心の中を覗いてみてください。自分が本当に欲しているものは何か？　一番大事なものを忘れていませんか？　お金ではないと思いますがいかがでしょう！

他にも「しん」という字を考えてみてください。

次は「め」です。どんな漢字を思いつきますか？

そうです。まずは「目」ですね。目は心の窓と申します。今あなたはどんな目をしていますか？

次は「芽」です。私が院長先生に「退院させてもらえませんか」と尋ねたら、院長先生は私に何と答えられたと思います。「君、今は木の芽時だからね！」と言われました。そう言われて、私は「ぐうの音」も出なかったですよ。

他にも思いつきませんか。「め」で大事な字があるのですが。そうです、「女」です。これも「め」と読みますね。特に男にとって、女ほど影響力のあるものは他にないでしょう。男も女次第、女の幸せも男次第ですよね。

私は女性にそれほど持てたわけではありませんが、「女」に恵まれました。妻と一緒になってよかったと思っています。子宝には恵まれず、だからこそ自費出版の本を出す気になりました。

次は「あい」です。これは皆さん欲する「愛」です。そうです愛情です。特に異性との愛ですね。そして、両親の愛のもとに、あなたがこの世に出現できたわけですから！

他に「あい」といえば、「相」そうです、相手がいてはじめてあなたが成り立つわけです。勝負事も相手が必要です。木へんに目と書くから不思議です。

そのほか「逢い」もあります。めぐり逢いです。出会いの「会い」もあります。

それから「I」もあります。そうアルファベットのIです。自分自身、私という意味です。誰だって自分が一番大切です。プレンティス・マルフォードは言っています。〝自分を大切にすることは神の望みであり、それこそが「他の人」のためになる唯一の方法である〟と。

知人にこの話をしていたら「森さん、英語のEYEもあるよ！」と教えてくれました。なるほどと感心しました。

次は「き」です。

単純に言えば「木」でしょう。木といえば植物の光合成で、二酸化炭素と水からでんぷんと酸素を作る働きがあります。人間になくてはならない酸素をいただけるわけです。だからでしょうか。森の中を歩くとすごく良い気分に浸れます。俗にいう森林浴です。山が好きな私は時々、近くの小岱山に登り、自然に帰ってリフレッシュしています。

次に大切なのが「気」です。「気」は目に見えないものですが、気持ちや空気など、特に東洋医学では非常に大切にされているものです。彼は彼女に気がある、と言えば分かりやすいでしょう！

次は「記」です。そうです、記すことが大切で、本などその最たるものでしょう。記録に残すことで時代を超えることが可能になります。

まだまだ「き」には機や喜、希、期など、いろいろありますが、「ＫＥＹ」もその一つです。ＫＥＹがなくては部屋に入ることもできません。

最後は「えん」です。「円」を思い浮かべた人と、「縁」が頭にひらめいた人に分かれると思います。どちらが大事でしょう。

私は「縁」を大切にしています。「縁」は自分の力ではどうすることもできず、神様の協力が必要だからです。「円」は働けばどうにかなります。

それから、円といえば記号では○と書きます。これにはいろいろな呼び方があり、○、オー、レイ、ゼロ、ワ、マルなどと言います。それで、これを立体化しますと玉、つまり球になり、これは王様が求めると書きます。意味深です。玉、これも王様が天下統一したという意味にとれます。

それから球技となるといろいろです。小さいのはパチンコ玉からビー玉、ピンポン玉、ビリヤード、野球、ソフトボール、ハンドボール、ボウリング、バレーボール、サッカー、バスケットボール、といろいろです。遊びが大切です。

それにもっと大きいのになれば月に地球、太陽があります。だからこそ私は故郷である玉名を愛しています。玉は四角で囲めば、国です。家に入れれば、宝という字になります。

もちろん私は熊本の「肥後もっこす」の一人です。もっこすとは偏屈者、頑固者という意味です。

終わります。たわいもない話を最後まで、ご清聴ありがとうございました。

令和2年1月

実践報告（苦難福門）

皆さん、こんばんは！　苦難福門の実践報告をします。約1年前のことになります。病院のデイケアに通っても面白くないし、かといって整体のお客もなくて困っていました。担当の相談員に打ち明けても埒が明かず、八方ふさがりでした。その時は迷いから抜け出せなくて、本当に苦しかったです。

しかし「万人幸福の栞」に、「苦難の黒幕が開かれたとき、その奥には明るい幸福の舞台が用意されていた」とありますように、お蔭様でやっと暗いトンネルの先に小さな明かりが見えてきたのです。

それを可能にしたのは、福祉人材センターのある女性職員さんの温かい行為でした。10月半ば自転車で帰る途中ふと閃いたのです。ハローワークへ寄って相談してみようと。何故なら近々職場説明会が熊本で開かれると聞いていたからです。

受付で聞いてみると、なんとその日が受講の締め切り日でした。さっそく電話したら申込用紙を郵送してくださるとのこと。

そんなことがあって私は11月4日に熊本市で行われた職場説明会に参加しました。69歳という高齢の私はどの職場でも相手にされなかったのですが、主催者側のＹＨさんという女性職員に「森さん」と声かけられました。

そして、わざわざビルの5階から一つ下の4階まで連れて行かれました。彼女は机の引き出しからあるチラシを取り出し私に手渡すと、「明日にでもここに電話してみたら?」と言ってくださったのです。

翌日、チラシにある、老人ホームへ電話しました。そしたら、「ハローワークで紹介状をもらってきてください！」とのこと。そして、翌々日面接、結果は『働いてみてください！」と言われて手続き用の書類を渡されました。

その時の嬉しかったこと嬉しかったこと。健康診断書を書いてもらう必要はあるものの、95パーセント決まったようなものでした。

もちろんＹＨさんにはお礼の電話をしておきました。周りのみんなに、「決して無理をしないように！」と忠告されました。家内も身元保証人になってくれるし、弁当も作ると言ってくれました。ありがたいことです。今ではこのご縁を大切に、喜んで働いております。なお半年後には持病の統合失調症のことも、上司には打ち明け承諾を得ています。また、自営業の整体も職種がパートなので辞めずに済み、両立させています。以上が私の味わった苦難福門でした。ご清聴ありがとうございました。

夢の実現に向けて

令和になり、私も気持ちを新たに毎日精進しております。特に回復者クラブ「虹の会」の代表として、今年度からはピアサポートに力を入れております。同じ精神障がいという病を経験した仲間（ピア）として、困っている人がいたら少しでも支援（サポート）したいのです。

毎月1回、自主勉強会を開催していく中で、農業をしているある人から「農繁期だけでも手伝ってほしい！」との声が上がり、私としても農業を中心とした事業を立ち上げられたらどんなにいいだろうと思いました。

稲森和夫先生の著書にもありますように、自分の中から湧き上がる「思い」を育てていけたらと、最近は夢をふくらませているところです。聞けば「福祉農園」という言葉も政策に出始めたようです。

又、シルバー人材センターに出向いたら、仕事はいろいろあるとのこと。「虹の会」としても今後は仕事の斡旋というか、窓口になれたらといろいろ考えております。

そして、それぞれの会員が少しでも、体調の許す限り、世のため人のため力になれたら、どんなにか精神障がいに対する偏見もなくなるのではないでしょうか？

そのために、私は精神障がい者による、精神障がい者のための、精神障がい者の事業を始めることにしました。

そこでまず、名刺を作りました。ピアサポート玉名と題して、農作業や花壇づくりなど、私達にできそうなことがありましたら何なりとお申し付けください、という内容の名刺です。そして、市役所の福祉課や保健所の予防課やシルバー人材センター、また農業をされているA型事業所や農業高校にも出向いて、あいさつ回りをしました。

それから、ありがたい事にピアサポート玉名の仲間3人から、出資金として1万円ずつ戴き、私も1万円出しましたので、合計現在4万円になりました。

そこで、ゆうちょ銀行に口座を設けまして、規約や役員名簿や会員名簿を作り、正式にピアサポート玉名を会として立ち上げました。繰り返しになりますが、「ピアサポート玉名」の活動が少しでも、世の中のお役に立てば、精神障がい者も見直されてくるでしょう！

精神障がいに携わる多くの人々と当事者が協力し合うことで、初めて世の中が浄化されると信じます。

私の意見に賛同してくださる方は是非ご一報ください。

聴講生の感想文

ある知り合いの専門学校の先生から、生徒に体験談を話してやってくださいと頼まれて、福岡の専門学校生に、約1時間話をしました。その時にいただいた感想文を次に紹介します。

森さんのお話を聞いて

先日はお忙しい中、私たちの為にお話しして下さり、ありがとうございました。森さんは18歳から19歳にかけて発症されたと聞いて、自分も同じくらいの歳なので、森さんのお話を自分に置きかえて考えてしまいました。森さんが「世界が3で成り立っている」と仰った時、なんだか自分もその気持ちが分かるような気がしました。病院に入ってからは、大勢でざこ寝状態で、異常な行動を取っている方もいらっしゃると聞いて、森さんも辛かっただろうなと思いました。また、森さんは退院されてから新聞配達等のアルバイトをしたり、山で迷ってしまって五日市町に行った際にサッカーのコーチを頼まれ、最終的には受け入れてコーチをする等、自分にできる事を積極的にされていて素晴らしいと思いました。これから自分も精神障がいを持った方と関わる事が増えてくると思うので、その人の立場に立って心から伝える支援者になりたいです。本当にありがとうございました。

心理カウンセラー科　2年　ＭＡ

森俊光さんの話を聞いて

本日は、精神障がいについてのお話をして頂き、ありがとうございました。18歳の時に発病して19歳までの1年間を病院で過ごされていたということで、独房のリアルな風景を教えて頂き、話を聞きながら想像しやすかったです。また、森さんは若い頃から色々な経験をされているし、多くの人と関わられていて、その出会いを今でも大切にされているんだということが分かりました。若い頃に発症した精神障がいも何度か再発をされているということで、その時の森さんの様子も当事者である森さん本人から聞くことができて、本当に分かりやすかったし勉強になりました。

また、機会があればお話を聞いてみたいなぁと思いました。今後の実習などに今回のお話で学んだことを活かせたら良いなぁと思います。本日は本当にありがとうございました。

2年　SH

感想文

お忙しい中、私たちのために今までの経験を話してくださり、ありがとうございました。

当事者の方からお話を聞くのは初めてで、どんな方が来られるのだろうと思っていましたが、森さんが楽しかったことなどを交えながら話してくださったので、お話を聞いていてとても楽しかったです。

お話を聞いていて、病気になる大きな原因としてストレスがあるなと感じました。また、病院生活のお話を聞いていると、病気に勝つためにはご家族の理解や協力が大切だと感じました。安定剤の注射は抜かれるときに意識はなく、起きたときには保護室に入っていた、ということを聞いた時は少し驚きました。これからたくさん学び、社会に出る時は相手の立場になって支援できるようになりたいです。

心理カウンセラー科　2年　ＳＮ

無題

本日は、私たちのために多くの経験を話していただき、ありがとうございました。18歳～19歳になる前に精神障がいになられたと聞いた時、私たちと年齢が近かったので、年齢など関係なく急に発病するのだなと感じ、とても怖かったです。私は、物事をマイナスに考えてしまうことが多く、思いつめてしまうことが多いです。人に相談することがなかなかできず、言いたいことをはっきり言うことができません。ですが、森さんが好きな詩の「万人幸福の栞」を読んで、とても元気がでました。私がこの詩で一番印象に残ったのは、苦難は幸福の門というところです。苦しくても耐えることができれば幸福がおとずれるということなので、私も苦しくても苦難にたちむかっていきたいです。そして、一人で悩まず、思いつめないことが大切だと聞いたので、これからの私の課題だなと思いました。

本日はとても勉強になりました。本当にありがとうございました。

心理カウンセラー科　２年　ＳＡ

私に影響を与えた本

『北御門二郎　魂の自由を求めて』	ぶな　葉一	銀の鈴社
『いい生き方、いい文章』	高橋　玄洋	同文書院
『運を育てる』	米長　邦雄	クレスト社
『鋼のメンタル』	百田　尚樹	新潮社
『置かれた場所で咲きなさい』	渡辺　和子	幻冬舎
『愛の手紙』	升本　喜年	熊本日日新聞社
『銀河鉄道の父』	門井　慶喜	講談社
『十二番目の天使』	オグ・マンディーノ	求龍堂
『窓ぎわのトットちゃん』	黒柳　徹子	講談社
『気くばりのすすめ』	鈴木　健二	講談社
『地の果てまで』	A.J.クローニン	三笠書房
『聖職の碑』	新田　次郎	講談社
『生きること生かされること』	坂巻　熙	ぶどう社

『生きる知恵ってどんなこと？』　川原　円海　文芸社

『兎の眼』　灰谷健次郎　理論社

『成功の実現』　中村　天風　日本経営合理化協会出版局

『念ずれば花ひらく』　坂村　真民　柏樹社

『百匹目の猿』　船井　幸雄　サンマーク出版

『稲盛和夫の哲学』　稲盛　和夫　ＰＨＰ研究所

『次の世は虫になっても』　桐生　清次　柏樹社

『永遠の０』　百田　尚樹　太田出版

『海賊とよばれた男』　百田　尚樹　講談社

『自分を好きになる本』　パット・パルマー　径書房

『おとなになる本』　パット・パルマー　径書房

『いま命輝いて』　野尻千穂子　熊本日日新聞社

『五体不満足』　乙武　洋匡　講談社

『朝には紅顔ありて』　大谷　光真　角川書店

『頭山満伝』　井川　聡　潮書房光人社

『幸福を知る才能』　宇野　千代　海竜社

『心病む母が遺してくれたもの』　夏苅　郁子　日本評論社
『嵐の中の灯台』　小柳陽太郎・石井公一郎　明成社
『ホンネで生きるために』　山田　治　光風社出版
『あなたの手をわたしに』　鈴木　健二　双葉社
『葉っぱのフレディ』　レオ・バスカーリア　童話屋
『開かれている病棟』　石川　信義　星和書店
『橋のない川』　住井　すゑ　新潮社
『宮本武蔵』　吉川　英治　講談社
『竜馬がゆく』　司馬遼太郎　文藝春秋
『翔ぶが如く』　司馬遼太郎　文藝春秋
『人間は自分が考えているような人間になる!!』　アール・ナイチンゲール　きこ書房
『貧者の一灯』　浜田　龍郎　熊本日日新聞社
『人生百年私の工夫』　日野原重明　幻冬舎
『木のいのち木のこころ　天・地・人』　西岡常一・小川三夫・塩野米松　草思社

おわりに

「夢に向かって」

　このタイトルを見て、あなたは何を思われただろうか？　多分あなた自身もそうありたいと思われたことでしょう。ところが私は、毎日いつもポジティブな気分で過ごしているわけではありません。ではマイナス思考になったとき、どうしているかというと、犬の散歩をするよう心掛けています。そうすると意外と平常心になれるのです。

　もう一つは一日一日を大切に、充実した時を過ごすようにしています。それは個人差があり人それぞれです。私はやはり仕事をしているときです。但し、大事なことはマイペースを保っているか？ということです。そうでないとストレスが溜まり、うつ状態になりかねません。

私は整体の仕事を立ち上げ、「整体ついじの森」と銘打って独立しました。最初はお客様も来てくださり順調かと思ったのですが、現実は厳しくリピーターがほとんどなくて困っていました。時間を持て余した私は、病院のデイケアなどに通いました。しかし、なかなか充実した毎日とはならなかったのです。

ボランティアで「虹の会」の活動などにも力を注ぎましたがイマイチ、私の思っている気分にはなりません。原因は暇すぎるのだと気づきました。そこで、就職活動を始めました。いろいろな方にも相談しましたが、どうもうまく行きません。しかし神様はいました。熊本へ福祉の就職説明会に参加した際にＹＨさんのご厚意で介護アシスタントの仕事に就くことができました。パートの仕事なので整体業とも両立でき、本当にありがたく思っております。そして、彼から、「あなたの、全国を回って仲間を励ますという夢はどうなりましたか？」と聞かれました。もちろん、その夢は失くしてはいなかったものの、何一つ努力していない自分に気づかされ、唖然としました。

まずは安定した余裕のある生活を築いてこそ、夢に挑戦できるのではないでしょうか？　捲土重来、もう一度夢に向かって具体的に、少しずつでも動きたいと思っています。

捲土重来が、私の最近の座右の銘です。

そこで、まず、入院中に書き始めた自分の半生記『夢に向かって』の出版を具体化しよう、と思い、和水町出身のクリエイトノア代表者・原賀隆一氏に依頼しました。氏は自分の子供時代の遊びや暮らしを描いた本を出版され、私と同世代でほとんど同じ子供時代、青春時代を過ごし、20代で独立をされ現在に至っているので、私の人生・時代背景がよく分かっておられるのです。編集に関わっていただき、深く感謝いたします。

また原稿の段階で、データ化することに快く協力していただいた方々にも深くお礼を申し上げます。

最後に、このわがままな自費出版を賛成し、応援してくれた妻に感謝します。

令和元年　五月吉日

『―精神障がいを乗り越えて―「夢に向かって」』森　俊光

あとがき

最後までお読みいただいたあなたに感謝いたします。

本書は２０１９年発行『―精神障がいを乗り越えて―「夢に向かって」』を基に、加筆・修正したものです。

今回もまた、原稿執筆でお世話になった方、原稿をデータ化してくださった方や、協力していただいた方に深くお礼申し上げます。

そして、今まで生きてきたなかで多くの方にお世話になりました。

特に、石原武司先生、坂田公洋先生、神部武宜御夫妻、普久原涼太様には、敬意を表します。

最後に、ずっと見守ってくれている妻に感謝しています。

合掌

＊本書で得た私の利益全額を、「精神障がい者の自立と社会参加」を目的としたピアサポート玉名に寄付します。

振込口座名　ゆうちょ銀行
支　店　名　七一八（読み「ナナイチハチ」）
口座番号（普通）3112118
名　義　人　ピアサポート玉名